后浪出版公司

隐歌雀

不有 —— 著

四川文艺出版社

编选说明

一部短篇小说集常常给人以歌曲合集的感觉，只不过这些音符从来只能在虚幻的琴弦上演奏。A这个部分收录的小说更接近一首完整的歌，B这个部分的小说有时只描写了一个动机，而没有进一步呈现和展开。需要提及的是，最后三篇小说曾公开发表过，它们此处的样子与之前有所不同，有些地方恢复了最初的构思。

目 录

瘦舌

舌体瘦薄而色淡者，多是气血两虚；舌体瘦薄而色红绛干燥者，多见于阴虚火旺，津液耗伤。

——《中医执业医师考试辅导》

一

朋友打来电话，说从大年初一到初七，在大观园庙会上有个元妃省亲的表演，正召集群众演员，问我去不去。彼时我刚刚辞去一份做了五六年的工作，还不知下一步往何处去，听到有这样一个机会，可以躲开年节里亲戚之间的拜访，同时缓解赋闲在家的苦闷，便欣然应允。

朋友电话里还说所谓的"面试"只看身高，别的一概不问。演员分成两组，一组在舞台上扮演省亲队伍里的人物，另一组分到各个园子里去"看家护院"。

"看园子那组好，事情不多，可以看书。"朋友说。

"是吗。那样最好了。"不知何时，我给朋友留下了一个"爱看书"的印象，这种虚假的形象让我觉得无来由地惶恐。

"那你到时一定要去呀，我们在公园门口见面。"朋友叮嘱。

"好。"

面试当天，气象台发布了寒潮蓝色预警。我穿上一件土黄色的羽绒服，裹紧了围巾，早早来到站台上，竟然坐上了一辆头班车。

"是否太早了呢？早饭还没有吃，到哪里去等人呢？"坐在冰冷的座位上，外面是阴暗的天色里不灭的路灯光，这些烦恼不自觉地萦绕在脑际。

路程很远，中途换乘另一辆公交车时，天空已经放亮了，车上的乘客也多起来。车厢里的温度仍和室外接近，也听不到暖风机的轰鸣。

在车厢中部，有人大声说着话，逐渐吸引了我的注意。也许是临近过年，车上的人都显得有几分疲惫，对这大声的议论都做出一副充耳不闻的姿态，任由其独白式的噪音在车厢中扩散。

奇怪的是，一开始竟看不出这些话是对谁说的。坐在车厢中间连接处的一位大娘，身下的座椅时常随着车辆的转弯而左右偏旋，显得很不稳定，但她的噪音可是越发坚定，旁若无人地大声指责着城市里的空气，从她口中还不时蹦出那个新闻里的名词：PM2.5。

我看看窗外，今天的天气只能说是冷，但在她反复的唠叨之后，似乎空气中真就配合着开始飘起薄雾来了。

她就这么一直数落着我们日日生活其间的城市，可并没有人对其侧目而视。乘客仍然正常地上车下车，售票员面无表情地坐着。那些刚上车的人，即使在不经意间被她的宣讲所吸引，似乎也很快失了兴趣，忙着去看自己的手机了。

只有一位也坐在车厢中部的老先生，像是她的一个听众，但他们中间还隔着一个人。这位老先生有时侧过颈子，显出想反驳的架势，可还没等说上话，那位滔滔不绝的大娘已经进入下一个话题了。老先生缩回脖子，神情轻松地望向窗外，好似为自己逃过一劫而庆幸着。

但更可能是在内心里对自己的同龄人怀着冷嘲热讽吧！这是老两口吗？他们过着一种什么样的生活？老大娘是不是罹患了精神疾病？老大爷为什么没有做出一副关切的姿态，反而有些漠然地任由老大娘这样一路说下去？

不知道别人怎么想，听到这些对生活的指责，就如同我赤手空拳站在了精悍的强盗面前，被刀械削剥得体无完肤，而且是被不出花样的咒骂反复煎熬着。就在感到痛苦难以忍受的时候，隔在老大娘和老先生中间的那个人，竟然出来解围了。

我这才注意这个坐在中间的人的长相，且一下就被吸引。初刻的反应便是，这个人只看长相便会觉得她哪里肯定有点儿问题……

坐在中间的这个人（此时那位老先生已经下定决心望着窗外，不再听老大娘讲话了）戴着一副守门员式的大手套，那手套肯定比她的手大了不止一倍，但是手套的指尖却能紧紧扣在一起。她身上的羽绒服像是从中学一直穿到现在，缩水了似的显小，近腰的地方又松垮下来，表面的油渍发着灰色的亮光。模棱两可的年龄感一直向上延展到她的面庞，那张既年轻又衰老、青春又衰毁的面孔，配合着模糊迟暮的目光，让我再也无法移开视线……

我越发注意，她所有让人感到奇怪的地方，都来自这张脸。眉眼的线条、嘴唇的线条、鼻子的线条，都如同被一双残疾的手用刀辛苦地刻过一般，因拼命地想保持住直线而不同程度地将五官拉长，但各自又都保留了刀锋用力过度后刻出的触目棱角，组合在一起，就是一张极为苦楚的脸！

她说出来的话，每个字都极为迟缓，但不是因为在心里反复掂量占据了时间，而是如履薄冰甚至有几分恐惧地从她冰冻一般的嘴唇中悄悄透露出来："这一大清早的，您就不能想点积极的事儿么，您干吗非要把自己弄得……不开心……"

这就是那种长期处于长辈对鸡毛蒜皮的计较中而被剥夺了生活乐趣、深受现实伤害的语调！……无论是音量、语速，她都处在那位大娘的下风。她不仅不是大娘的对手，恐怕也败给了自己，她如果和大娘有着血缘关系，就将一辈子生活在家长强悍的阴影下。她唯一的出路，便是用这种自我牺牲式的、出奇的迟缓与软弱，抵挡或怀着妄想化解来自生命另一头、另一类人对生活狂风暴雨式的理解。

一张完全病态的、从没有开出过年轻花朵的，悲哀的脸。

当那位大娘终于将"矛头"转向售票员，开始不厌其烦地向全车人广播她和那个女孩（对于从没有年轻过的人，"女孩"是多么残忍的两个字！）的下车地点时，那张已经被身边人的生活抢劫一空的脸，就那么依从的没有再吐露一个字。冬天在她脸上结了霜，她悠长的眉毛上挽着冰凌。到站了。她搀扶着那位大娘下车，即便站在车外，大娘的语言洪峰仍然击打在她身上！那不过是对要去往哪个方向的讨论……

那位老先生呢？他还在车上，从车窗旁注视着这怪异的一对儿。也许他该庆幸自己没有和她们在一站下车吧……我深深地吁出了一口气。

二

我对大观园的记忆，都与寒冷有关。

在城市里生活了近三十年，来大观园的次数总共也超不过三次。有一年，大概也是在年节里，闲来无事，忽然想陪母亲到园子里逛逛。那天起得很早，也像是赶头班车的样子。我和母亲到了公园门口才发现，门票涨到了四十块钱。这影视城似的园子对我们瞬时失去了吸引力，但坐了几个小时的车过来，也不甘心就这样走掉。

"等到再过几年，过了六十岁，再来这儿就不要门票了。"我记得母亲这样对我说。

园里的建筑差不多都是坐北朝南，可冬天的太阳迟迟升不上来，又有假山、树影挡着，眼前还有一大坨冻湖，所有的景物都让人打心眼儿里觉得冷。几股小阴风往裤筒里一捣，整个人就都凉透了。

我担心母亲的身体，提议往那些馆阁里避避寒。

所有这些馆阁都源自虚构，如今真材实料的建筑硬邦邦地立在那里，反倒像是光天化日下捉弄人的把戏。走没几步，离我们最近的一处馆阁却单单是潇湘馆。

老远就看见那标志性的竹林。绿竹环绕下，整个潇湘馆更显阴郁了，像蜷缩在冬天角落里做梦的霉菌……走进院子，在主人的房间门口，一条栏绳轻轻把游人的脚步止住，两尊人物塑像却着实把人吓了一跳！她们主仆二人站在青砖墁地的房间里面，面色沉黯，真人一般，眼睛里犹似闪着孤魂般的野火……站在门前的，就只有我和母亲两个游客，本来是为了避避寒气，这下却倒吸一口冷气。黛玉那绿色的衣衫衬着竹影，破旧得如同遭了虫蛀，紫鹃立在黛玉的侧后方，落到了更深一层的暗影中……连母亲也觉得这里太过阴惨。我们母子二人相携着走出了潇湘馆，墙边的竹丛被风反复拨弄，恍惚地垂向地面。

三

来早了。公园还没开门，但也有几个像是来参加面试的群众演员排到了门口，清一色是女孩子，我不敢站到她们中间去，只好在公园门前的广场上踱步取暖。

那一年我和母亲离开潇湘馆后，走到省亲别墅的戏台，戏台前的空地终于被阳光照到，有几个人在那里踢毽子。站在阳光下，只感到脸上贴着薄薄的一层温度。可透彻的光线能一下子揪住人的心，让人无法离开。两棵落尽了叶子的银杏树是院子里仅有的树木，树身、树影就如同被阳光濯洗过，笔直又清晰。和我们一起晒太阳的，还有一只猫。黄色的猫毛被光线剔得根根可见。

四

朋友来了。她和几个认识的同学打着招呼，这些人都不是第一次参加庙会表演了。为了挣上几百块钱，他们春节也不回家，晚上睡在学校宿舍，白天就坐很远的公交来这里给游客演出《红楼梦》中的情节，扮演着那些虚构的人物。

面试官是一个高个子的妇女，看容貌便觉精干严厉，瘦削的身材大概是练过舞蹈，可谓风韵犹存，只是一身的细骨太过干硬。

"去年就是她给你们面试的吧？"我向朋友问道。朋友比我小不了几岁，现在还在大学里念书呢。去年应聘过的她，最终便是谋到了在园子里"看房护院"的差事。

"不是不是，去年没有她呢。"

高个妇女点清了人数，便一声令下，把大家召集起来，向公园深处走去。朋友从紫色的手拎包里掏出一包纸巾，递到我手上。

"我看你是骑车来的，你难道不冷吗？"我望着朋友微微敞开的领口，很觉诧异。

她笑的时候仿佛是个会散热的火炉。我赶紧把流到唇边的鼻涕擦了去。

寒冬里的大观园，景色却是一片"姹紫嫣红"：无数的枯枝上，正开满了没有生命的绢花，为了这些花朵能周正地对着游客，一圈一圈的铁丝缠裹在花梗下方，简直要勒进树皮里去。

高个女人带着队伍走到了一个平时不对游人开放的区域，阳光此时正如几年前一样照着地上的青砖，照不进单薄的身体。

女人迈上台阶，打开了一间房门，把大伙儿都引到屋里。我和朋友排在队伍的最末端，几乎就站在门口的位置。应聘就这么开始了。女人开始挑选上台的演员，屋子的内侧就是化妆间，被选上的演员立刻就要到屋内试装。看到此景，我索性把脸转向了屋子外面，看着院子里的一台垃圾车准备倒车，喷出的尾气正翻滚着冲上台阶。

汽油味混合着垃圾的腐烂味道，让我一阵头晕目眩……这时一个头戴凤冠、身穿黄袍的人走到了我旁边，耳朵贴在手机上。这不就是元妃么，没想到人选这么快就定下来了。

"爸，我选上元妃了，这儿有电视台的人说要采访咱家人呢。"京味十足的元妃字正腔圆地给家里通报消息，旁边一个手拿长毛话筒的大姐跟过来，笑眯眯地站在了元妃对面，她的个头比元妃的扮演者矮了半截。电视记者接过电话，表示要在过年时到元妃家里做节目，寻找百姓家里的年味。

这个姑娘长得开朗大方，乌黑的眼珠透出灵气，脸部线条细润干净，笑起来温婉可人。如果是我，大概也会选她扮演元妃吧！这是一个从未感受过人生苦恼、在与父母兄弟分离之前享尽安逸、天真无邪、雍容大度——妙龄少女时期的元妃……

因为元妃的出现，高个女人的审美眼光令我刮目相看。但为了不被选上当演员，我还是一味背转了身，避免与高个女人的目光接触。朋友马上懂了我的心意，凑到我的身边来，说："等选完了演员，咱们就可以去看园子那组了。"站在这里等着被挑选的都是一些非常年轻的人，他们是各个学校的在校生。我是再也不能站到他们中间去了。

"你读过《红楼梦》吗？"我忽然问她。

朋友摇摇头。

本以为这演员的面试多少要被问到"红楼"知识，结果真就只是长相的挑选。甚至都谈不上挑选，除去元妃，其他角色的候选者被高个女人拨来弄去，几乎只变成身高上的调配了。那些站得靠前的应聘者，如果长相还说得过去，已经都被叫去换装了。

正要跟朋友说些什么，高个女人忽然大着嗓门走出来了，"唉，你们两个！怎么站到外边去了！还要不要面试了！不在屋子里我怎么看得到你们啊！"她的细指骨一下扳住朋友的肩膀，弄得朋友脸红木讷起来。

高个女人灵光一现，端详了半天朋友的身材，立刻认定她就是王夫人的人选了！

"这身材！多富态啊，养尊处优的，赶快赶快，去个王夫人，绰绰有余。"在高个女人的推挤下，朋友逐渐落到屋内的暗影里去了。

我听朋友细着声音说："老师，我的眼睛不太好。"

高个子女人停步，看看朋友戴着的近视镜，"你把眼镜摘了我看看。"

朋友顺从地摘下眼镜。

"走几步我看看。"

朋友犹疑着往前走了走。

"晕不晕？"

屋子里的人都静下来，扭过头来好奇地看。

"不晕。"朋友站定，两手轻拢着垂在了略微隆起的腹部下方。似乎受到屋子里试装的人的影响，她的举止也古典起来……

"那就没事。记住哈，上台的时候一定给我把眼镜摘了！"高个子女人按住朋友的后背，进到里间去试装了。

随着大部分角色的敲定，高个女人开始寻找"看园子"的人选了。朋友的几个同学都先后被选上，欣喜地获得了这份"闲差"。不一会儿，她们就怪模怪样地穿上古装，再也看不出是这个时代的女大学生了。

我心里涌起一股抗拒的情绪，无论如何不愿再被选中，干脆迈下台阶，后边屋子里的热闹声退却到消失。正要走出场院的栅栏门，忽然有声音把我叫住："唉，那个小伙子！你别走啊！"我回头一看，正是高个女人，心里一阵着慌，紧接着又听到她说："你朋友的包你帮拿一下啊！"只见她手里拎了个紫色的挎包，朋友那没戴眼镜的面目也隐约出现在她的身后……

我羞红了脸，在众人的注视下返身回去拿了皮包，又原地立在了门口。

女人看看我："你一会儿到剧场里去等一下好了，我们马上要开始彩排了。"

我一愣，还要彩排？抬腕看看手表，已经快十点钟了，不仅没有面试成功，如今还要把整个上午都耗费在这里了。

走出门来，元妃的扮演者正跟自己的朋友说着话，那身戏服还穿在她身上，虽然下面露出了牛仔裤和运动鞋，可看上去还是那么光艳照人。在她明眸皓齿微笑的对面，则是一个矮胖黝黑的小个子姑娘，正帮"元妃"提着书包呢。

不知何时，房间外面的垃圾桶上蹲了一只黄猫，圆胖的身形和几年前看到的那只如出一辙。如今它还在太阳地里惬意地晒着日光浴呢，想到此，不知是多了几分勇气，还是无能的希望。可是越看，越发觉得这根本就不是同一只猫。这只猫的一只眼睛受过伤，已经不太能正常地闭合了。

五

剧场里已经零星有了"观众"，多是大观园里的工作人员。还有一些和我一样没选上演员的也坐在台下，帮各自的熟人拿着大小书包。

这戏院模仿古戏楼而建，前面是个唱戏的戏台，有出将入相的上场门和下场门，二层设有走廊和包间。整个剧场能容纳大概五百来名观众。现在戏台上方悬挂出了"红楼庙会演员面试"的横幅，硕大的黄色印刷字体从空中俯视下来，格外刺目。

剧场里开了暖气，身上的寒气逐渐消散，我向后一仰头，假寐起来。

不久就有两个小演员上台表演起来。女孩唱京剧，男孩玩起了杂耍，戏词、动作都没有磕绊，面对台下不明所以瞪眼观看的观众，也没有一点怯场。正式演出也不过如此。我刚要随着别人鼓起掌来，音响师走上台，手里面拿着磁带，是两个小孩要用的伴奏带，我才想到这大概也是彩排的一部分。另有两位老者，分明打扮成了贾母和刘姥姥的模样，在台上研究起了串场词。贾母的扮演者说着一口京片子，不断往串场词里加字，她每说一遍，效果都不一样，抖的包袱也接连换了几个，终于找到最满意的一个，才拿出眼镜和笔在一张白纸上做好标记。

小演员们不甘寂寞，又练了几轮，直到高个女人从后台走出来，彩排这才要正式开始了。

那些被挑选上的演员一一穿戴好了戏装，从出将入相的门里走出，台下的观众为他们全都变了模样而发出小声的欢呼。舞台上站满了这些业余演员，贾母主动和高个女人指点起了队形，让他们按照人物关系依次站定。我看到朋友身边扮演贾政的男孩长得利落周正，也是一副好面孔，身高和个头不矮的朋友也可谓般配，再加上二人的一身命服霞帔，站在一起就如同行中式婚礼的夫妻。

我捏捏朋友的手拎包，想打电话告诉她：她的扮相真是出乎意料地好看呢。

在舞台下方，电视台的工作人员架好机器，正在拍摄。所有这些参与面试的演员，除了元妃有几个字的台词，便都成了活人道具，在被教了几遍请安和万福的动作之后，就立在台上不动，像一群在台上观戏的戏迷。

刚才那两个表演过节目的小演员，扮演的是少年贾宝玉和少年林黛玉，他们开始按照演出流程走台，"贾母"和"刘姥姥"也进入角色，在舞台上调笑逗乐。彩排终于有了个大致的模样。

六

朋友脸上还化了淡妆。卸下了戏服的她看起来仍有几分端庄凝重。

"你一会儿还要签合同吧，我可就先走了。"我在座位上，仰着头对她说。

她举手机当作镜子，捋了捋头前的刘海儿。

"我也走。"她说。

"怎么，刚才那面试官不是让所有演员留下来签合同么？我走是因为没选上，你现在干吗要走？"

"我才不要当这个演员呢。"

"为什么？你去年不还来参加表演了么？放着钱不要？"

"去年我也没当台上的演员啊。我是在园子里看院子，可没受这个罪。"

"当演员也挺好啊，你可能自己看不到，你在台上穿着那身戏服，整个人都不一样了。"

"那有什么可稀罕的，我可没那个工夫，陪她在这里彩排。"

"彩排不已经结束了么？"

"这肯定还要彩排好多次才行，而且到了庙会上，一天要演两场，我可什么也干不了了。"她说。

没想到折腾了一上午，两个人都没挣来这过年里的零工。

"那他们到哪儿去找这么合适的王夫人啊。"我忽然说了一句。

七

在公园门口，朋友推出自行车来，她上衣领口处的纽扣解开了两颗，露出憨厚的脖颈。可是她在头上，戴了个棉兔造型的大耳罩，把耳朵藏得严严实实。她的脸颊上，还有两道飞红。

朋友说话的时候呼出白气，我往地上跺跺脚，说了再会。看了一会儿她骑行的背影，我便掉转身，走向另一个方向。去见我父亲。

八

父亲和母亲离异后，这几年一直在一所职业技术学校里任电工。学校离大观园不远，有时路过这里，如果机会合适，我就到学校里的餐厅和父亲吃顿便饭。

眼看要过年了，我已经几个月没见过父亲，在来面试之前，便提前跟父亲约好，今天中午是要一起吃饭的。

在等朋友彩排时，父亲已经打了几个电话过来，他雷打不动的习惯不能改变，非要赶在十二点之前去餐厅把饭吃了。我原本想请父亲吃饭的计划也就此打消了，电话里父亲说要留给我饭卡，让我到学校自己去吃。

虽然已放寒假，学校里仍有老师和学生往来，我到的时候饭点早就过了。父亲早早站在门口，扶着那辆从毕业跳蚤市场低价买来的自行车，等我过马路。

"爸，快过年了，本来想跟你到外面吃一顿的。"刚见面我就说。

"我都吃过了，你拿着饭卡赶紧奔食堂吧。"父亲说。

我接过饭卡。

"自行车你骑着，我走着回去。你吃完就到配电室找我。你还知道配电室在哪儿吧。"父亲扶住车把，让开身子，等我到前边来。

我接过车把，说："记得，我吃完去找您。"

父亲点头，不忘补充一句："不许帮那个老头儿买饭。"

他口中的老头是常年在学校食堂里蹭饭吃的一个校外人员，虽然此人随身备有零钱，但大多数帮忙刷卡买饭的学生都不会要他的钱。父亲很反感这个老头，每次见面都会提起，叮嘱我不要心软。

我几次来学校找父亲吃饭，都没有碰见这个蹭饭的老头。看到父亲谢顶又微微驼背的样子，手里拿着父亲的饭卡，对于他的要求，我从心里倒是没有违背的意思。

独自一个人在学校食堂吃饭，周围稀稀落落的有些人影。我过早结束了学业，几次做梦，还梦见在一个大学里参加新生入学的仪式，跟着新同学一起参加文体活动。梦里学校的食堂大概就是现在的样子吧：空旷，声音、图像都浑然不清。

九

配电室在一栋灰楼的底层，窗口正对着校门口，坐在屋内，就可以看到外面的人来车往。

初次来时，父亲还带我参观过配电室里的那些控制柜，它们排成巨大的行列，像一台台老式计算机，发出低沉的噪音。

父亲的小屋子里有一张办公桌，一张值夜班时睡觉用的行军床，一把木靠背椅，还有一台信号不太稳定的电视机。不论什么时候来，电视都保持开机和满屏雪花的状态，声音放得很低。这会儿电视上正播放午间新闻呢。镜头闪过，戏台上的人被雪花模糊了面容，只有服装上的大块颜色闪烁刺目。在电视上，熟悉的人也开始变得陌生……

我看着父亲的水杯，仍然没有清洗过，茶锈已经积得很厚，像是一层木胎。我把饭卡放在桌子上，父亲用暖壶往茶杯里续了水，请我喝。

我喝进一口水。水在舌尖上滚烫了一番，进到口腔深处慢慢变得温暾，茶味已经很淡。

父亲坐在椅子上，手里拿着电视的遥控器，"你面试怎么样啊？"

"不行。"

"为什么不行？"

我摇摇头。

"你得找一份真正适合你的工作。"

"什么叫适合我的工作？"

"就像你原来的工作那样，给小孩子编编杂志，不是挺好的么？"

"那有什么好的？整天关在屋子里，像坐监狱。"我迟疑一下，接着说，"而且你又不是不知道，我们那些编给小孩子的东西，都是东摘西引，到最后就变成抄袭。如果真让我去写某个领域里的东西，我自己首先就该有所研究对吧，可是杂志哪会给时间让你研究，我就仗着那一知半解……"我絮絮叨叨地还想说下去，同时却听到自己在对自己说，这些无非都是幼稚的谎话，还说得装模作样、拿腔拿调。我不过是想摆脱工作加于我的惶恐，掩饰自己在现实中的无能。

"天下文章一大抄，这个道理你还不懂么？"父亲追问。

"我现在连抄都不会抄了，我发现我根本不适合做文字工作。"

"那你想找什么样的工作？"

"我想做做销售……"

"销售？那种活儿你干得来么？你又不爱交际，话也不会说，你连跟我在一起，都没什么可聊的，到了外面，又怎么跟人沟通？"见我不再答话，父亲接着说下去，"别人都是骑着驴找马，你呢？你连……"

"总会再找着的。"我后悔直到现在，还是什么都会跟父亲说。

"你跟那学生呢？现在关系确定了吗？"

"哪个学生？"我一惊。

"就是上次在学校里见过的啊。"

"哦，那个啊，不是说了不行的嘛。"喝下去的温茶在口腔里的味道越发苦涩了。

"这也不行那也不行，你说你这些年在混些什么？"

我盯住父亲的茶杯，说："爸爸，你的茶杯要用盐洗一洗，茶锈这么多，对身体不好。"

"你不用管我。管好你自己。"父亲手中的遥控器一直摇晃着指向电视。

午间新闻之后是一个养生节目。台上嘉宾背后的大屏幕上有几幅舌头的照片，颜色或红或黄，或绿或黑……

"这节目恶心的……"我嘀咕了一句。

父亲也不说话。我记得他以前只爱看军事类的节目，他自己就是一部解放战争的资料库，无论大小战役，将士的姓名、军衔、履历，他都印在脑子里，随便谁问，也很难问住他。

"爸，你看了那么多跟战争有关的书，你觉得那些书的结尾，"我想了下，"结局怎么样？"

"什么结局？"

"那些人物的命运……"

"有力量。"

"力量是指什么？"

"一股劲儿。"

"可是那些书我都读不下去。"我想起小时候，在父亲工厂的图书室里，把那些贴有标签的厚重的书一层层码起来。

"那些书不是你读的。"

节目看了一会儿，父亲转过头来对我说："我这算是地图舌吧，按他们说的，可能是胃不太好，最近胃里又老泛酸水了。"

父亲把舌头伸了出来，用手指了指，在舌苔的中部，有数条杂乱的纵纹交错，像是盘踞在上面的小蛇。

窗外，拉杆箱的声音响起来，几个女学生的身影逐渐显现，向校门外走去。我想起"瘦舌"这个名词。在父亲的家乡，专门用它来形容那些不会学舌、不会完整复述一件事的笨嘴拙舌的人。他们关于这个世界只能说出很少的一部分，可世界仍然一息不停地在他们身边运转、旋转，像是目不暇接的走马灯。

写于父母六十岁

没有龙

　　酒店门口，照例是新郎新娘的合影，放大成海报尺寸。几个装束奇怪的年轻人先后步入酒店，各自背着皮箱。

　　婚宴现场好像还在布置当中。一块巨大的蓝色背景板，一方铺着红地毯的舞台。舞台上，几把座椅摆成一道弧形。一个主持仪式的木讲台，在舞台的最左侧。

　　舞台下方，花墙将场地划分出许多区域。只在舞台正前方的一块狭长区域摆着座椅，分成左右两组，中间留有一条红毯过道，椅背上贴着打印出来的名字。红毯在抵达舞台前向左拐去，通向一溜自助餐桌，上置猪牛羊、鸡鸭鱼等各色肉食。

　　其他的区域：左侧，靠墙是一块悬幕，正在播放一部黑白片。已经有好奇的来宾驻足观看，影片的情节似乎十分吸引人，故事背景设定在遥远的西西里，片中字幕是意大利文。在这块场地的花墙边，几张条案拼接，桌上群岛般散落着拼盘，放有水果、喜糖、饮料、甜点和香烟，随时供应，皆可自取。

　　右侧，墙边搭建了一个凉亭，亭子四面挂出长长短短的尺幅，对亭子内部形成遮挡之势。有吹吹打打的小贩站在旁边向来宾兜售画作：奔马、卧虎、鸾凤、雄鹰。这个不伦不类的布景此时彻底沦为了摆设，无人理睬。在亭子周围，以花墙为界的范围内，竖着许多展板，它们将空间切割得更为琐碎。展板上展出的内容，是一批名为《十二生肖谁没来》的架上绘画。凭借中西杂糅的技法，这些画作着重表现年画娃娃的金属质感，较著名的如铁浮屠娃娃、黑云母娃娃。

在整场宴席的入口处，花墙发生了重大变化。首先是植物的种类，更具侵略性，附生兰、松萝、绞杀榕，沸腾而致密的枝叶，取代了虚弱的花朵。其次，花墙的高度显著增加，来宾的视线无法穿越眼前的绿障，前方不断出现岔道，将他们引入不同的场所。没有人知道，自己将走向何方。

在婚礼迷宫的入口，地上有一条指引标语，上面写着：老年人、循规蹈矩者请走此道。只有依照这个指引，才能走到婚礼舞台正前方的那一片座位区，对号入座。

那些好不容易顺着指示走到台前的白发老者，茫然地用手理了理被花枝剐乱的头发。因为好奇和懒惰，舍弃了迷宫乐趣，尾随地标而来的年轻嘉宾找不到有自己名字的座位，只能站着发愣。

"各位下午好。"新郎一迈步突然出现在舞台上，他的声音有些颤抖并且自己也意识到这一状况，于是他说："大家好，我的声音有点儿颤抖，因为我非常不习惯，当众讲话。"他可能更愿意伸手扶住讲台。

此时，婚宴现场的四个主要区域：座位区、放映区、画展区和迷宫区，全都能听到从场地音响中传来的新郎嗓音。像是一坨面条。

新郎做了一个手势，他身后的蓝色背景板开始变色，原来这是一块儿巨型LED屏。上面开始播放幻灯。幻灯的内容，是他曾经参加过的亲友、同事、同学的婚礼。

"如各位所见，婚礼的一般形式，差不多都是这样的。"他往旁边侧了侧身，一只胳膊僵硬地指向背景屏，"当然，其中有一些讨人喜欢的地方，我对这些难得的人性亮点全部予以保留，移植到了我的婚礼当中。另外，我从来不明白，为什么自己的婚礼，要由别人来主持。于是，今天，不善言辞的我，充当了司仪的角色。"

台下的老者席传来一片窃窃私语。左边的私语声稍稍高于右侧。因为左边落座的，是女方亲友。

紧张之际，新郎用袖口擦了下额头上的汗。他的嘴唇抖动，牙齿上下打战，并不时磕到话筒，引起音波的震动。几个站立的年轻人，竟然放肆地笑了起来。

因为花墙的遮挡，另外三个区域的人完全看不到台上的景象，他们心不在焉地听着新郎令人费解的讲话。滞留在花墙迷宫中的人们不知道自己是迟到了还是已经到了一会儿了；画展区的人们看到小贩变成了拍卖师，不过他卖的不是画作，而是画框；左边放映区出了点小状况，播放器不知为何不能读盘了，画面停留在一个漂亮的泳装美女身上，视觉的中心，是她被水珠包围的三角形肚脐。

新郎继续他的即兴讲话。"有人会问了，什么是你所谓的人性亮点呢，那么我要解释一下。"他露齿而笑，似乎挺满意这句讨巧的过渡，"就是：不拿新人当猴耍。"

女方亲友区起了一阵不大不小的骚动。有些并不年老的中年人先是站起来，似乎有话要说，但来自更左侧的一阵喧哗盖过了他们的牢骚，让他们张着嘴的形象如同哑口的寒鸦。原来，在放映区那里，画面忽然又运动起来，泳装美女走上了跳台。

男方亲友区也有不少人在交头接耳，大家已经意识到，在这些琳琅满目的花墙后面，另有乾坤。值得一提的是，左右在座的中年人并不是因为看了"循规蹈矩"的标识，才走到这里落座的。确实，椅背上早已预谋了他们的名字，但他们完全是以一种社会中坚的敏锐嗅觉，选择了那条最近的路径，直抵婚礼的核心。

新郎又说话了，他似乎舍不得放下手中的话筒："那个，我想说，经过我和新娘的协商，我们已经取消了很多传统婚礼的环节。"他一边说一边点头，并开始在舞台上小范围地散步。

"比如，"他突然向后一指屏幕：中式的、西式的迎娶场面，堵塞交通的车队，鞭炮，伴郎伴娘，主持人，改口，敬茶，互赠钻戒，"这些，通通没有。"

站在场地中的年轻人拿出手机，他们深感这是一次二百五式的婚礼，此等奇观急需分享。有人开始录像，有人呼朋唤友；然而他们那些朋友，可能无法很快通过迷宫。

放映区的糖果烟糖有些供不应求了，糖纸在地上被踩来踩去，那是一些经典的黏牙软糖：大白兔、狗屎糖。人们厌烦了影片的缓慢节奏，并且由于长久站立，败坏了胃口。渐感无聊的人开始撤出，走回到花墙迷宫中。迷宫路径的环境悄然改变，浇灌机在不同的岔路口给植物喷水，没有人愿意钻进雨雾淋个透湿。所以他们的道路早已被选定，岔口关闭，人们正逐步接近画展区，别无他途。

"但是，考虑到我们这些老年观众，"新郎伸出左手，掌心向上——好像用单手托着底下在座的老头儿老太太，"的趣味，我们保留了这几排座位，以便举行一个极其简单的仪式。"

台下的男方家长坐不住了，他们感到脸被丢尽。新郎的母亲站起身来，哆嗦着走到左边，一个劲儿给女方家长道歉，说她也不知道为什么会发生这样的情况。

新郎若有所思地看着台下，他说，他现在要和新娘远程通话。屏幕一暗，又一亮，新娘的形象出现在背景屏上，足有三十个新郎那么大。

花墙再高，此时也挡不住人们的视线了。放映区的人因对黑白默片的不满早已将注意力放到了背景屏上，然而他们发现很难看清屏幕里逆着光的那位新人。她不是婚纱照里的新娘。

右边，拍卖场的气氛越来越火热，拍品早已不再是画框了，刚刚有人拍走了一对儿"喜鼠聚财"的石吊坠。新娘视频的出现并没有引起他们的注意。有些人已经忘记了自己来这儿的目的。

"我和新郎结识于十年前的一次偶遇。"巨大的新娘影像夺走了台下观众谨慎的注意力，不知从什么时候起，舞台上空无一人了。有人掏出手绢默默掩泪。新娘的声音听起来像是来自录音，与口形之间存在着揪心的错位。

"那个时候，他在车上，我在车下。"新娘从逆光中转身，"我想，肯定有什么事情发生了。"摄像机跟着新娘前进，机位不断抬高，越过了新娘的肩头。正前方，出现了花墙。

视频里，视线两侧的花墙上挂着许多幅摄影作品，有车祸现场，有手术器械，有男士皮鞋，有绿色墙围，有白菊花，有无字碑，有人像，有色块，如同一道狭窄的画廊。新娘只是走路，没有再说话，遇到花墙转弯的地方，新娘会短时侧身，但镜头中并不出现新娘的侧脸。她罩着黑色的头纱。

舞台前方的座位区，左侧在座者早已寥寥。老人们由中年人搀扶着，寻找地上的图标。他们转了一圈，发现找不到来时的路了，疯长的杂草让地面变得陌生。有人试图攀上舞台，但那几乎是不可能的，除非以叠罗汉的方式。中年人发觉，日渐衰颓的身体已承受不住他人骨架的重压。

一名女方的家长愤怒地推倒了一把座椅，引起了众人惊愕的观瞧。愤怒者面向大家做了个无辜的手势，随即指了指空荡荡的舞台。本是无意之举，这一指，却如同触动了遥控器上的一个按钮。一排身背皮箱的异装青年走上舞台，将那道弧形座椅填满。他们从皮箱里取出奇怪的乐器。

有琴头变为唢呐的小提琴，有琴孔中竖了一面锣的古典吉他，有通过杠杆装置与磬、木鱼相连的架子鼓。调琴的声音响了起来，刺耳嘈杂。屏幕打出他们将要演奏的曲目：《金蛇狂舞》。

左边放映区留下了满地的果皮残屑，悬幕上的电影不再是美女与泳池，而是与舞台背景屏同步播放的新娘迷宫之旅。只不过这台机位与背景屏正相反，它拍摄的是新娘正面，花墙接连不断地倒退，花枝层叠纷扰，在新娘脸上投下浓重的阴影。少数留下来的影迷警惕地望着放映区花墙的几个入口，好像那里随时会走出黑纱新娘。

　　右侧拍卖场已经进入了关键阶段，竖立在场地中的展板沿着滑轨移动，每移动一次，就有一幅架上绘画被起拍，距离此画最近的那名观众拥有优先抢拍权，起拍价正是他（她）所出的婚礼份子钱数。只是，小贩已经不见了，没有人宣布落槌，来宾自觉遵守着拍卖规则，他们唯一的任务，便是要将展出的年画娃娃带走。因为，随着展板不断移动，那些试图离开拍卖场的人发现，他们被困在了新的迷宫之中。而当画作被拍下，展板上就空出了一个缺口，人们可以从那里翻身逃走，去寻找，绿叶的出口。

隐歌雀

他们步行二十里去看隐歌雀（*Euphonia crypta*）的巢。鸟如其名，这种新近发现的雀鸟习性隐蔽，真正见过它们长相的人寥寥无几，更别提看巢了。

录音设备不算沉重：一副森海塞尔(Sennheiser)方向话筒，一支抛物面式集音罩，另外连接一台体小轻便的Sony WM-D6C录音机，即可进行声音采集。男的头戴耳机向风中伸出防咬罩一般的收声装置，女的跟在旁边，腰里别着录音机，手中纸笔记录下采集地点的环境状况、鸟类活动以及鸣声所对应的个体行为。

巢可不好找。老丁（当地的向导）去年夏天的时候帮学生找了三百多个红嘴相思鸟（*Leiothrix lutea*）的巢，今年进展不佳，相思鸟这种常见鸟的巢到现在才摸到八十多个。男的三天前刚到的时候，曾经自己转悠到山顶茶园，看见有个人在茶丛中挥舞着砍刀。到他走到没路又沿着车辙印回来的时候，老丁正坐在路基上擦汗。

"欸，你是小路的朋友吧。"老丁管他叫"欸"。后来的那些天，他就一直被叫"欸"了。"欸，过来吃饭了。""欸，快要下雨把衣服收一收吧。"

他坐在老丁旁边。脚下的斜坡绕了几行茶树，都是矮矮的、扁圆的，没有什么个性。茶树再往下，就看不分明了，几丛树梢做出了最后向上的努力，景色就掉了下去，那里大概是很深很深的深谷吧。

这里只有一个小路。"请问您是？"男的戴着遮阳帽，帽檐被汗水浸得发黑。

"我是这儿的向导。学生们做实验都找我，找鸟巢、找鸟、收红外相机，都行。"老丁一身迷彩衣裤，脚上是迷彩色的胶布鞋，鞋底挂着不少土坷垃。他看到老丁脸色被白日刺得锈红，锈得就像路基上那把厚厚的砍刀。

"小路也找您？"

"那当然，我骑着摩托车带她去很远的村子里找过鸟。"

"您也住在学生寨么？"他知道那间二层的木楼叫作"学生寨"，所有来这山里做实验的学生都住那儿，房前土地上栽着两捧大大的绣球花，花瓣有蓝有紫。这都是小路告诉他的。

"我不住那儿，我是前边村里的。"老丁指了指男的刚才去过的那个方向。他在那边干了什么，老丁能看得一清二楚。但老丁没提，至少现在没提。

男的揪着衣领扇了扇，看着老丁手指的方向，说："我刚从那里下去过，下不多久就没路了，也没看到村子。"

老丁笑着看着男的，说就是沿着那条路走，他肯定还没往下走多久就回来了，其实顺着那条路能一直下到谷底，看见有庄稼的地方再往前走就到村子了。

遮阳帽下的脸忽然阴沉了，周围的光也收敛了。一块儿云彩急着赶过来，冲到太阳跟前，马上又被阳光融化得变了形。

男的又看了眼老丁的砍刀，他想老丁刚才一定是在收拾茶园。但老丁没在收拾茶园，而是在找茶树底部的鸟巢，巢址十分隐蔽，有时要用砍刀砍去一些枝条，才能看见小碗一样被密枝端着的编织巢。那些巢是用枝条、苔藓穿插而成的。

由于两个人想的不是一回事，所以他们的话题到这儿就结束了。

现在是男的来到这里的第三天。小路住在学生寨二楼的一间，因为他来了，小路这几天就减小了做实验的强度，想多陪陪男友。所以他们几乎是自然醒的，但也不能太晚，因为还要到学生寨对面的"东北人家"去吃早饭。

走过一个水塘，就是"东北人家"了。这里是山顶唯一一家旅舍，由旅游公司经营，盖了十几间供住宿的木屋，有长长的饭堂，饭堂外面是木结构的露台，露台上搭了三间风雨亭。走出十几步，站在露台边缘，手扶围栏，可以远眺群青色的山峦。每天晚饭前，学生寨的男男女女都聚在露台上，或席地而坐整理一天下来采集到的植物和昆虫标本，或趁着晚风在亭中闲聊，说些风言风语。旅馆的工作人员和茶场员工在露台上单开一桌，摆起酒宴，酒的清香混合着烟草的味道，让傍晚像是一年里的最后一天。

坐在风雨亭上吃完早餐，小路去饭堂里拿中午的干粮。男的扭头看远处，他们住的学生寨现在被树木环绕，就剩了个褐色的坡面屋瓦，粼粼的像有鱼。水塘中间的那条路上，有个女学生扛着人形梯子走过来，她走进一小片荒地，把梯子放倒，跳房子似的走到梯子前面，再把梯子立起，原来她是用梯子自身的分量把荒草摆平。她把梯子竖在一个水泥电线杆旁，电线杆半高的位置有个人工巢箱，除了多个圆洞，样子就和信箱无二。她爬上梯子，掀开箱盖，从箱子里掏出什么拿在手上端详，放回，扣好箱盖，就站在梯子上从挎包里抽出一个纸板夹，从耳朵上拎下一支笔，在纸上写了起来。随后她把笔夹回耳朵，把头上的草帽扶正，穿着雨靴的脚一格一格从梯子上走下来，扛起梯子，走出了那一小片荒地。

男的和小路，也该出发了。小路站在亭中间，把干粮塞进背包。男的坐着，仰头看小路，然后伸手用中指刮了一下小路的鼻子，说了一声："我背吧。"

"啊！你讨厌！"小路跳了一下，捂着鼻子，"没有人可以动我的鼻子！"

"你这样，更好像没鼻子了。"男的学小路用手捂住鼻子，说话瓮声瓮气。

"不许说我没鼻子。不许！"小路皱了脸，短短的鼻子嘤嘤地喷出了哭腔，两手蜷着在眼睛下方蹭来蹭去。

男的笑得开心了，伸手去拉小路的手，被打了回来。露台的木地板响起了咯吱声，老丁从他们身边走了过去。

"今天还去查巢么？"老丁不转头，丢下一句硬得硌人的话。

"不了丁叔，今天我带李晋去看隐歌雀呢。"这男的终于有了名字。

"那玩意儿可不好找啊。"

"前些天不有人说看着了么？"

"嚇，看走眼了吧，那鸟没什么特征，说不定跟别的鸟认混了？"

说着说着，小路已经和丁叔走成了一排。李晋在后边背着装干粮的背包。录音包不算轻，就挎在他的脖子上。

"声音总不会认错，那鸟叫声太特别了。"

"你录到过？"

"我没有……他们录到了。"

"几个摄影爱好者捕风捉影，你们就信了？"

"人家照片、录音都有啊。"

"不是说在这边繁殖么，找个巢给我看看？"

"哦……"

老丁攥着砍刀的刀把，指了指前边的岔路，说："我从那里走了，黄臀鹎的巢你还要么？"

"要，要。"

老丁一点头，提步往前走了。李晋知道，这种名字里有"黄臀"二字的鸟（*Pycnonotus xanthorrhous*），主要特征就是黄色的屁股，它是小路的研究对象。

山路走不多远，脚下没有了石板。路和路是相似的，所以李晋想起那天老丁可能看到了他干的事儿。他就是在这样的崖壁路边，用一块儿沾了红泥的石块，把一只鸟从树上打了下来。

两边林子越发浓密，路面抬升了几次，现在又向下掉。

偶尔透过林隙，能看到右侧远方，有一道山脊在做曲线运动，就像……远山的回声。小路走到李晋身前，从他脖子下面的挎包里拿出耳机、话筒、集音罩，教给他录音的基本操作。小路腰间的录音机连着李晋的话筒，谁也不能离谁太远，就一直并排走着。

"欸，录！"小路转向山脊那侧，李晋跟着转。小路的手握着他的手，随后他感到小路的手向下按，按动了话筒上的录音键。从耳机里，清晰地传来了类似有人喊山的声音。持续了几十秒。

小路又按了下他的手，录音结束。

"人的声音也录么？"

"哪里有人？"

"就刚才，有人喊山吧。"李晋学了几嗓子那"嗷嗷"的声音。

"不是。那是一种长着红翅膀的野鸽子（*Treron sieboldii*）的叫声。"

小路从不告诉李晋这些鸟的学名，因为告诉了他也记不住。所以他就只记住：黄屁股鸟，红翅膀鸽子。

要在从前，这就够了。但在今天，这还不够。

"这鸽子叫什么名呢？"

"少问。说了你也不知道啊。"

"你干嘛就是不告诉我。"小路已经往前走了，两人之间的那根连接线忽然有了筋骨，硬绷绷的。"啪"，线的接头从录音机插孔里跳脱了。

"你干嘛啊！"小路吼起来了。她生气的时候，鼻子更瘦了，但显得很好看，是那种小茄子似的好看。

李晋低声说："我就是想知道那鸽子的名字。"

"有病吧你！"小路走了，脑后的长发荡成了马尾，又黑又光滑。

他所在的城市离这里七百多公里。

他去追小路了。那是一道看上去不陡的上坡，可真要跑上去，汗在身体上流得比人在路上奔得快。

这是在翻一道山梁了。小路也在前面跑着，不让李晋追到。再往前，就是风水垭口了，那里视野开阔，能看到十万大山。人站在垭口上，就好像戴上了山的冠冕。

两个人停在那里喘气。李晋一边喘气一边踱到小路身边，用指肚啄她的手背。小路身子一抖，转过身趴进了李晋怀里。

这时候，有鸟在叫了。李晋举起手中的话筒，话筒上的线垂在地上，他从耳机里听到一种极其悦耳的鸟叫，他不知道那是什么。他想起曾经和小路在别处的山顶上看过一种金色林鸟（*Tarsiger chrysaeus*），那种鸟的巢就在地面上，只有在山顶上的灌木丛里才能找到。那天的雾特别大，大到世界开始变小，只剩下小路和金色林鸟。

"你说什么？我怎么一点儿也听不懂你说的话？"李晋对着话筒喊道。

两个好朋友

　　草甸上贴着地皮流动的一条河，无声缓慢又明亮、不见波痕，徐徐如大地上撕开了一道伤口。

　　"你别想她了。"高个儿的手里握着方向盘，下巴微昂，瞳睛上斜，瞪着反光镜里的那位。

　　"呜呜呜。"那位在抽鼻子。

　　"哭哭啼啼的，像个女孩子。"高个儿的拍了下方向盘。

　　"我没有。我只是。呜呜呜……"

　　高个儿一拧方向盘，车子动了起来。缩在座位里的那个激灵了一下，迅即用手背擦了擦鼻涕，又用拇指和食指、中指掐住脑门。妈呀，这下他可更伤心了。因为他心里念念不忘的那个姑娘，从前可就是坐在同样的位置上，如此这般——手指掐着脑门——这般如此地看着他在开车的。

　　"还要去么？"高个儿的问。

　　"去，去。"缩着的忙应和道。

　　"还是要去。"

　　"不去就更没意思了，是吧。"

高个儿的拍拍手里的方向盘，答道："不是。"

在河边的时候，日头还高高的。这会儿有点儿偏西了。

高个子把近视眼镜上方须子一样翘着的墨镜片折下来，鼻唇间凛凛两道黑髭。缩着的目不转睛地看他开车，对车窗外的美景一无所视。他们的车摇摇晃晃，在大草原上撵着前方的两道车辙印前行。蓝色的翠雀花、红色的地榆、黄色的马先蒿在超车镜里东倒西歪、醉玉颓山。

高个子用手一扒拉旁边缩着的那位的脸，车身猛晃了一下，好似给了缩着的一耳光。缩身子那位自知无趣，把目光躲回来。他从快要掉到座位和车门缝隙间的背包里拿出一副蛤蟆镜，悻悻戴上。

拉下那块镶有一片小镜子的遮光板，镜子里面的蛤蟆镜代替了车前方的绿草，在他眼前神魂颠倒。

"你知道为什么有时候人戴上墨镜会变得好看么？"

高个子没理他。高个子的墨镜是两面小黑圆片。缩身子的蛤蟆镜罩住了半张脸。

"因为人一戴上墨镜，就好像眼睛变大了。"就像熊猫，他想。但他没有如她一般圆润的额头。

高个子还是没理他。

"我就是一个蠢货。"缩身子的摘掉墨镜，在耀眼金光里眯缝着双目，说完就洋洋得意地看着开车的那位。

"没错。"高个子终于说话了。缩身子用眼镜布使劲擦着墨镜片，把最后那段颠簸的时光全部用于侍奉这副蛤蟆镜。

他们把车停在一个寺的旁边。这寺由四堵白墙围起，僧房稍稍高出围墙，经堂在地震中被毁，但残垣还依稀可见，现出平顶、小窗的建筑式样。绕墙顶一周是刷成赭红色的白麻草。

高个儿打开后备厢，露出一尊石敢当那样方头方脑的摄影包。转个身，两臂穿过背包带，分量到了肩上，直起身形，手一扶帽檐，走出了后车盖下的阴影。

缩身子跟在后面，两人走上一道小山坡，正是山花烂漫、丛草为林的好时节。

行至一处杜鹃花灌丛，高个子停步，"就这儿了。"用手向下一指，缩身子便猫腰下蹲，侧脸观瞧。离地两拳，枝柯交叠成一拱形，幽深如洞，通到晦暗的所在，不知所终。

"兽道？"

高个子两指戳地，另一手端正眼镜，"你觉得怎么样。"

缩身子就势坐在地上。"但会是什么呢？"

苦海方阔，舟楫遽沉；暗室犹暗，灯炬斯掩。

"你真是帅呆了。"缩身子看高个子一扣一扣地接好那些转接环，摆弄闪光灯的方位，把电池一节紧似一节填进红外触发器，一丝不苟地做了个漂亮的相机陷阱。陷阱里，他们三个又在一起了，她小女孩似的肩扛手托起应急灯那么重的红光电筒，照在萤火虫身上；高个子双膝跪地、前屈后弓，镜头顶到虫子身前几厘米处；他却消失了，在一阵头发的黑色云雾里。

"来，你把手从这里过下。"

"这里？要伸进去么？"缩身子攥了个拳，试探着从触发器前向兽道里面挪。触发器上的红点一闪一闪。

"好了，你现在往回撤，慢一点。"

还没等缩身子明白过来。两台闪光灯给了他十亿个白昼。

"啊！晃瞎了我的狗眼！"

缩身子说什么也不干了。从兽道前走开，涕泪横流。没走出多远，他被垫状草皮中的某个凸起物一绊，摔了一跤。

那是一只死鸟，橄榄色的后背，肚子上布满了月牙形的黑斑，脸上也有一块儿黑月牙，睁着眼，瞳孔漆黑，通向晦暗的所在。缩身子正看得发呆，忽然这鸟的脸动了，像是死鸟在某个瞬间抽搐了一下。鸟脸的羽毛脏而稀松，但没有伤口，一个缓慢移动的小肉瘤，把死鸟的皮肤顶了起来。

缩身子踢出脚边的一块儿碎石，砸在躺倒的瘪鸟肚子上，那里也没有伤口，看上去就像是用旧的热水袋。他胆子大起来，捡起一截枯枝，扒拉开鸟腹的羽毛。这一下，忽然顺着鸟身上看不见的洞穴，爬出来许多葬甲。

这些甲虫的背部长有皮革色的纹路，像是崭亮如新的镰刀。闪着光泽的甲壳怎么看也不像是在尸体中饕餮过的，倒不如说是刚刚赴约了一场高雅的宴席。

缩身子直起腰，怕虫子钻到自己身上来，就快步向汽车那里走去，一边走一边就把枯树杈丢得远远的。他自己的影子在身前张牙舞爪了好几次，那是后面的陷阱相机在爆闪造成的。

　　刹那，有一件事在他心里闪电般亮了起来：一个他不认识的男孩，骑坐在闪电上，双手紧紧搂住那道白光，拼命地吸吮、亲吻……他打心眼里看见，这道闪电驮着男孩，以千钧之力刺进了他的内心。

　　他不去管高个子拍到了什么，一口气走到了寺庙门前，开始没好气地敲寺门。每敲一声，天色似乎都更暗了一点儿。没人应门，他只好退回身来，这时他看见门侧的对联：苦海方阔，舟楫遽沉；暗室犹暗，灯炬斯掩。

　　字大得，像整个夜晚。

鸥鹭忘机

"水的声音很大。"

李露侧耳听，风吹林动，水声却无。"哪里有水？"

"我是说水流下来的声音。很大。"

李露略一沉思，"瀑布？"

"不用瀑布。假如路旁沟崖里有条小溪，响动就很大。"

"哗哗哗。"

"楞楞楞。"

两个人点点头，继续向前走。

小鸟叫起来，左叫右叫，它们从不对着同一个方向叫上两次。

小鸟嘴上长出了胡茬。但那不是胡子，是地衣、苔藓、蛛丝和兽毛，统统塞在嘴里，像是长了寸短的胡须。山下已是盛夏，山上山花始盛，小鸟们开始筑造爱巢了。

一路上，鸟对他们示威，因为误入了领地；鸟对他们发呆，因为阻挡了路径；鸟和鸟，一唱一和，说出许多两个人未曾说出的话，他们听着，就很像嬉笑怒骂。

"我就想起有一次啊，"这说话的不是李露，是另一个人，他在前面开路，偶尔打打草，"有人强调怎样才算看清了一只鸟。当然了，照片是顶要紧的。可这还不算，还要看出个成雄雌幼，这才算看清了一种鸟。"

"不然呐，"这说话的还是刚才那个人，"如果别人看到、听到、拍到，而他自己没看到、听到、拍到，就都不能算数呢。"说完了这句话，这个人就回头去看李露。

李露脑门圆圆，脸蛋圆圆，眼睛圆圆，不过也可以说是很好看的杏核眼了。在显得很小的脸上，她一双乌黑的瞳仁大而亮，抖搂着机灵的偏见。她那双眼睛啊，真是会说话，就好像有乌黑的汉字从里面走出来，在清冽冽的睫毛上折射出许多光辉。

不过这时候，李露歪着脑壳，轻皱眉头，直视着刚才说话的人，鼻梁上拧出不能拉直的褶皱。那是一些非常年轻的褶皱，年轻得就像水面上的波纹。

刚才说了许多话的人，喘着粗气，伸手想替李露擦擦额角的汗，被李露一抬手制止了。他们已经走了很多的路，这一天又很热，山里没什么游客，阳光伸出毒热的舌头，舔着每一寸干燥的土地。

"我是说，这些人年轻的时候，多么在意自己看到了什么啊。他们多在意啊，给自己定了那么多标准，看到了什么就那么重要吗。"慢腾腾，说话的这个人转回身去，准备继续赶路了。

"哼。"李露在这人身后冷笑一声，对于他愚蠢的言论根本懒得回应。阳光下的愚蠢，可真是狼狈。这人听了扎心的冷笑，也只好狼狈样地向前赶路。因为今天，两个人是说好了的，要去看一个共同的朋友。不然，他们原本也不会再见面了。愚蠢大概是一堵谁也不愿翻过去的墙。

来的路上，低海拔的阴湿角落里，盛开着一种叫牛耳草的花。花长得精致，生在崖壁上，所以很配得上它那个更正式一点儿的名字：旋蒴苣苔。你看了那花的样子，就对这个四字成语般的名字深信不疑。

现在，李露站在那人身后。那人蹲在尘土路的中央，指给她看旁边草丛里的一种名为二色棘豆的小花。这花的叶子四片轮生，着生的方式就如同京剧武生背后插靠的四面小旗。花当然也是漂亮的，椭椭一个大圆片竖起来，中心黄绿、四周粉紫，虎虎生风似一面亮闪闪的大旗，就这么在尘土里趴着，招摇着。

想到这儿，那人就把这棘豆花和武生的事儿，告诉她。

李露对此当然是不屑一顾的。"你怎么说什么都爱用'像'啊，这像什么，那像什么，你不觉得烦么。"那人从土里站起来，有点儿晃，有点儿晕，太阳开始有重量，山风变得没骨头，一切简直都无趣极了。

"我也不知该怎么说，但是一看见那叶子，我就想告诉你，它有多像唱戏人背后插的小旗子。"这花是这人上周发现的，这次带李露来的路上，他就想好一定要让她看看的，因为附近就只发现了这么一株棘豆花。

"好吧，好吧。接下来要往哪儿走？我都要热死啦。"话音落下，李露嘟起嘴唇，她这个时候的样子，是任谁都一定要照顾她的，谁也不能再让一个生气的小姑娘不高兴。

两人找了一处阴凉，坐在被阳光加热过的石头上，头顶上的松枝让天空有一点青灰色。这里是北方一处无名的小山，附属于太行山脉，他们现在不过走了五分之一的路程，要想到山顶还有很长一段路。他们是要到山顶去的。

两个人喝水，吃自带的干粮。李露的三明治分给那个人尝了一口，那人带的面包引不起李露的兴趣。

饭毕，李露掏出手机，打开了一个小游戏。游戏里，一个小矮子沿着条条悬空的台阶向上蹦，不断躲避威胁，只要失足，游戏就会结束。玩这个游戏不需要点击什么按钮，就只要把手机轻轻往左斜，轻轻向右斜，小矮子就会顺势蹦向不同的方向，蹦得越来越高，越来越快，也越来越有失足的可能。

他就是因为这个游戏爱上她的。因为看她玩这个游戏，那专注又无聊的样子胜过全世界所有的美好。李露玩游戏的时候，他是从来不说话的。如果他想说话了，他本可以拉一拉李露的衣角。李露今天，穿了一件圆摆的红格子衬衫，这衣服她穿着不太合身，有些显大了，但同时也衬出她的娇小。

"你在学校过得好不好啊？"他终于还是问了。她把手机微微右倾，微微左倾，有时候也用细细的手指点着屏幕上的什么。

你能不能理我一下。他在心里说。没用了，这里只有一条路通到山顶，没有岔路，没有旁出，没有探险，决不会迷路。一切都那么显而易见，却是他千思万想才能想到的去处。他看一看李露的手机，屏幕上有许多裂痕，她总是大大咧咧地把手机斜揣在兜里，不知什么时候，手机就会蹦出来。他告诉自己，他就是因为这些裂痕而爱上她的。

这个闷闷不乐的人，掏出手机，故意念念有词地试图搜索她正在玩的那款游戏。李露停住手里的动作，歪过头来看他，瞪他，数落他："你能不能正常点儿？你多大了啊？"

"二十有七。"这个懦弱的人自讨无趣地念叨了一句，只好改看手机里的照片。两年前，这人在海上待过一阵子，跟着商船在地球表面漂来漂去。海上有种海鸟，给他留下了很深的印象。他从手机里找出海鸟的照片，在内陆是决然看不到它们的。但在海上它们很常见，经常跟着船飞，飞累了就落在桅杆顶上过夜，白天就能在甲板上看到许多喷洒下来的鸟粪，鸟粪的腐蚀性极强，只有用高压水枪才能勉强清洗掉。

夜里刮起海风，海浪有了骨骼，顶得货轮一下高一下低，躺在床铺上睡不着觉的他就会想她。但是有一次，遇到风浪的时候，他发现，他不再想她，反而满脑子都是那种海鸟。这海鸟杵着一根圆锥状的嘴，脚上有红蹼，羽毛有时洁白有时棕褐，它们随着船飞，看到水路上有被船惊起的飞鱼，就冲过去叼住它们，姿势十分迷人。

这种鸟其实相当著名，你可以管它们叫鲣鸟，纪录片里像满天箭雨一样扎入水中的，就是它们。有时它们也被叫成塘鹅，但你最好还是叫它们鲣鸟。他躺在上铺，船员间都是四人间，两张上下铺把房间挤得像呆小症患者。船在摇，但上下铺不会摇，它们长在舱壁上，很结实。只有躺在那上面的时候，你才发觉，身体的每一部位都在做着水平和垂直方向的运动，就像李露玩的跳台阶游戏。但这还不是海浪最大、船最摇晃的时候。大风大浪他也是见过的，那个时候必须用条绳子，把自己绑在铺上才行。

他在想，这鲣鸟身上有什么怪异的地方在吸引着他，以至于竟然可以摆脱对她的想念。百思不解。直到有一天，他们漂到很远很远，在印度洋那个地方。那时船停着，有个船员看到海面上有只信天翁在挣扎，这鸟可能被渔网缠住了。他们就用捞鱼的大网抄，从船舷边把它救上来。这才称得上是"塘鹅"啊，抱着信天翁的时候他心想，虽然没抱过鲣鸟，但他相信，那家伙比起信天翁，一定轻得没有重量。

他仔细观察这只信天翁，看到它刀一样的嘴和秀气的鼻孔。他想起来了，鲣鸟的眼睛就长在嘴上：从侧面看，鲣鸟就好像一个人的脑袋被切得只剩下了后脑勺，然后给移植了一张长着眼睛的嘴。最邪门的是，在这长长烟囱一样的嘴上，你绝对找不着鼻孔。

"你知道鲣鸟的鼻孔在哪儿吗？"他从手机里调出照片，一只成年鲣鸟定格空中，横眉冷对，突兀着凶器一样的巨喙。

"别问我。我不知道。"李露看了看图。

从她看图片的眼神，这人猜测不出，她是真不知道呢，还是不愿回答。愚蠢是一道谁也翻不过去的墙，如今就横亘在他们两个人中间。这墙，是他一砖一瓦建起来的。

"你给我唱首歌吧。"李露仰头喝了一口矿泉水，从背包里掏出一把小折扇。这扇子蒙着绢面，李露有时候用它半遮着自己的脸。

"爱上的不会忘却，那只是一些片断/相爱沉默不语，飘落一片孤单……"他念经一样地哼了起来。

"算了算了。你唱的这些歌怎么都没调啊。"这歌李露听他唱过几次，后来又听他唱别的歌，发现所有这些歌的原唱，都缺少旋律。

"我要会弹吉他就好了。"他说，他们俩可以一弹一唱，组成一个乐队，名字就叫"唱出李露的故事"。

"呸！"李露呸在扇子上，"什么破玩意儿！"她把五指张成一个猫爪，作势要挠那个人，凶巴巴像头乳臭未干的小豹子。

再往上走，天就阴了。他这个时候转过身来，变成我；李露一分为二，变成一对儿很貌美的情侣。

路边，一条年幼的白条锦蛇从崖壁上突袭一窝姬鼠。一窝四五只还没睁开眼、裸身子的小耗子，惊惶失措地从窝里掉出来，滚落许多陈年枯叶。在没有溪水的路旁，落叶就是最大的声响，所以我们才能发现，小锦蛇如何一圈圈缠紧一条小耗子，如何优美地从耗子的头部开始吞咽。我们像贪恋美景那样，在路旁呆看了十几分钟。小耗子的尾巴还没完全滑进蛇嘴里的时候，这条年幼的白条锦蛇变得警惕，背对着我们一溜身钻进了枯叶堆里。

风是雨的头，天色变得很快。爬到半山腰，一个电线桩竟然被风搅到了空中。这电线杆对我们来说像是某种启示，我、小李和小露，三个人围住电线杆，看它如同被吊打的奴隶一样，在电线拉扯下脚不点地地在半空划圈。

冒着被雷击的危险，我给我和小露那位共同的朋友打了电话，他这时肯定已经在山顶了。小露身边的小李还背着吉他箱子，他身体看上去很好，还能走很远的路。

电话里传出丝弦的声音，声音古得像是来自一个久远的时代。我盘腿在沙土地上坐下来，举着手机将弦乐声放给小李和小露听。被风吹得离了地的电线桩，在我面前晃来晃去，像海面上的一叶舟。鼻孔不长在嘴上的鲸鸟，就不会被海水呛到。

我和小露共同的朋友，名叫顾伯，他时常背着七弦琴，到山顶上看候鸟迁飞。没有他的演奏，我也就再见不到小露了。

顾伯后来去了昆明滇池，为成千上万的红嘴鸥弹奏。无论天上飞着多少种鸥鸟，游客们一律称之为海鸥。在这北方雷声滚滚的山上，我与小露告别，下山时指着随便什么一只惊慌中躲避风雨的鸟，大喊一声：恐龙！这一喊，好似化解了心中无数的疑问。在往事里，我总是问小露，这是什么鸟，那是什么鸟……现在，所有的名字不再有分别，它们化作直直的电线，伸向大山深处。

小说检索表

小说检索表与分类认知

摘 要：本文介绍了小说分类学自"二目论"提出后发展至今的历史概况，涉及三位代表人物的主要贡献及简略生平。

关键词：小说分类学 二目论 灰岩属 预测 拼图

中图分类号：I0 **文献标识码：**A **文章编号：**1672–7355（2016）02–0026–04

一、小说二目论

搜寻乔万尼·西里古（Giovanni Sirigu，1945—2001），历史上没有留下他太多内心活动的资料，最多只能从其工作日记中窥得一点蛛丝马迹。当某次与学术同人的会面引起西里古短暂的不适后，他会在日记中略带嘲讽地写下如下字句：

1995年3月1日，清晨的西北侧天空出现短暂乱流，云迹扰动后形成诸如卷云协会常用来自我标榜的经典分类特征：眼斑羽枝、灌溉水系、顶峰吹雪以及多重髭纹。九点七分，乌斯塔德·唐纳来访，磋商灰岩属小说独立为科的问题，单薄亦如航迹云。

作为小说分类学史上的代表人物，乔万尼·西里古对待小说的态度如同面对冷冰冰的尸身。只见他俯身其上，一番冷静细致的观察比对后，便一举结束了学界中无止境的争论。依照他的学术观点，所有小说都被归结到两个目中，分别是真小说目和拟小说目，隶属于艺术界－文字门－小说纲。

小说的分枝树全部从这二目生发出去，形成名目繁多的上百科几千属，较为一般读者所熟知的有：真小说目下的言情科怨女属、侦探科密室属、神话科伊甸园属；拟小说目下的文论科文体论属、口述科创作谈属、脚本科独白剧属。具体到种，小说分类学家则仿照自然界命名的双名法，采取属名＋种加词的方式为小说命名。如神话科伊甸园属孔雀种小说（即一些以孔雀为主角的神话传说故事）的正式命名为 *Malus pavo*，其中 *Malus* 为植物命名中苹果属的拉丁名，在小说分类中被用来代表伊甸园这个属，*pavo* 为孔雀的拉丁名。

诚然，西里古提出的"小说二目论"只是小说众多分类系统之一，其中"拟小说目"的提法还常为人所诟病。很多分类学者认为，拟小说目的众多成员应该划分至散文纲中。西里古为此做了大量比对工作，提出了"叙述策略"这一重要分类特征。他在一次面向公众的讲座中试图用形象的话语解释这一概念："散文纲的叙述策略是一团散开的毛线，而小说纲将把这些线头缠绕成形。"

从前，小说目的数量在一与多之间摇摆不定，并且时常陷入分分合合的学术混战。二目论出现后经受住了学界思潮的冲洗和涌动，最终凭借其在视觉上的简洁和分类思想的新颖赢得了广泛赞同。由这两条主干出发，人们能对到那时为止发现的所有小说安排一个相对合理的分类位置。

2001年1月，五十六岁的西里古死于他的业余爱好——赏云。在一次徒步穿越翁布里亚附近的亚平宁山脉去寻找贝母云的中途，西里古遭遇雪崩。被雪团卷至山脚后，西里古的冻尸在第二天清晨被村民发现。他身边的文字性遗物只有那本口袋工作日记，其中记载了他最后的行程，包括一些时间和地点。至于旅途中的见闻，则永远凝冻在了冰雪中。如今这本日记珍藏在西里古的家乡——意大利皮亚若萨岛图书馆，一些小说分类学学者曾专门前往借阅，妄图获得西里古在生命最后阶段关于分类思想的新进展。

二、灰岩小说

前文提到的乌斯塔德·唐纳（Ustad Donner，1965—2003）比西里古晚出生二十年。作为一名印度裔小说分类学家，他人生的青年阶段都在英国度过。据传他彼时从事时间最长的一份职业是为地铁轨道探伤，这份工作占据了他夜晚的大部分时间。凭借惊人的毅力，唐纳始终坚持在中午醒来后就从事心爱的分类辨别，这种工作习惯一直延续到他在都灵大学获得终身教职之后。

因为仰慕西里古的学术造诣，唐纳三十岁时只身一人远赴意大利学习小说分类，那时西里古已处于半隐居状态，因此他们之间的交往完全是私下的、登门拜访式的。在都灵任教期间，唐纳别出心裁地开设了深夜分类学课堂（竟然获得校方批准），很多荷尔蒙过剩而对分类一无所知的愣头青就这样走进了他的教室，借此打发漫漫长夜并赚取学分。中午到晚饭前则是他的自由研究时间。

据唐纳父母（俩人均从事印刷工作）回忆，乌斯塔德很小的时候就热衷于在词语卡片的背面默写分类检索表。到了上学的年纪，他在学校中参加的唯一兴趣小组就是"分类辨识"，该小组的成员决心为一切东西命名。很快唐纳发现，他同学做出的命名完全是游戏式的、天马行空的，这与他心目中的神圣分类并不相符。在唐纳看来，分类严密的程度反映了世界的秩序，就如同金属拉链上下咬合的牙带，当你拽着金属锁头沿着分类树"呲啦"一声划过之后，散置于世界各处的单体便已完美地缝合在同一个表面。

最令唐纳关注的是检索表中"不同上述"这一条目，它在小说分类中的频繁出现，将唐纳的注意力引向了灰岩小说。比如在拟小说目口述科分属检索中会出现：

1. 以事件讲述为主，且同一事件可共享多个叙述版本 ……2
   以概念演绎为主，或阐述某一内在体验过程 ……… 3
2. 针对某一自然现象谈论 …………………………真人秀属

如果你极具耐心，能够严格按照分类特征逐级比对，"不同上述"将把你引向 *Destita* 这一属，这个拉丁词的意思是"缺乏的"，即缺省属。在每一科中经过一番比对，总有一类小说由于缺失关键特征，无法划到现有的属中，但为此单列一属并不具备充足的条件。原因在于：缺失这些关键特征后，此类小说读起来就像一些半成品，因此常有人质疑它们是否具有真正的分类地位。而缺省属的意思正是：缺乏独立的、有待确认的属。

一些分类学家不满于这个不够严肃又容易引发歧义的属名，他们提议要像命名其他属那样，抓取缺省属的某一个关键特征为其命名。小说分类学家这时发挥了浪漫的想象，他们把不同属的小说想象为林立的山峰，缺省属的小说则是点缀其间的深坑，恰似石灰岩地质结构中常见的岩溶地貌。所以缺省属的正式命名是：灰岩属（拉丁名为 *Calcarea*，意为石灰质的）。

　　早先，灰岩属小说只是作为边角料出现在名目众多的小说属中，就如同它"谷底"的身份，它让小说分类保持了视觉上的连续和完整，但实际上只是一块难以探索的阴暗角落。长期以来，对这一属的小说缺乏讨论，也没有相关研究专著。直到乌斯塔德·唐纳因为他的神圣分类信仰而对此愈发感到不安，并最终促成了他与西里古在本文开头的会面（当时西里古担任帕多瓦大学的名誉教授，但没有负责任何研究项目和教学工作）。

　　唐纳的主要观点看上去浅显易懂，就是把所有科中的灰岩属小说提取出来，组成一个独立的科，即灰岩科，借此便可取消分类系统中"不同上述"这一条目。由于灰岩属小说在真小说目与拟小说目的各科中皆有分布，那么是否就像两目中各有一个口述科一样（真小说目中的口述科包括相声属、评书属、灵异属等），也应该独立出来两个灰岩科呢？甚至有人提议，灰岩小说一旦独立为科，将来则有可能合并为目，小说分类树的主干也将就此拆为三节：真、拟和灰岩。唐纳立刻否定了这个看上去相当自然的观点。在唐纳分类系统中，灰岩小说提升为科后，只隶属于拟小说目。是的，所有真小说目中的灰岩属小说全部被归类到了拟小说目下，原因在于，这些缺失了关键特征的真小说，通过叙述元素的等价转换，大部分都可以在拟小说目拟真科下找到一个位置，剩下无法归类的则再并入灰岩小说科。而这个等价转换正是唐纳在小说分类学中所做的最大贡献，由于牵涉一些复杂的转换规则，本文不再赘述。

　　从此，唐纳心中那条未能严丝合缝的拉链——"不同上述"，宣告弥合。同时他也开创了小说分类学史上的算法时代，针对如何实现叙述元素在真与拟两目，乃至属种之间的转换，产生了大量有益的实践。

关于唐纳的个人生活情况，大多来自他父母、同事和学生的口述，甚至在拟小说目口述科下还诞生了唐纳属小说，有兴趣的读者可以留意相关文献。笔者在此想要提及的是，关于唐纳与西里古的那次会面，除了西里古本人语焉不详的工作日记，没有更多内容透露。西里古是否从某个方面引导了唐纳的思路，"单薄的航迹云"究竟是指灰岩分类思想的哪个方面，我们不得而知。也许是出于对西里古的景仰和效仿，唐纳除了几十本研究笔记，同样没有留下任何个人回忆或创作性文字。2003年11月9日，三十八岁的乌斯塔德·唐纳在都灵大学的单身宿舍中去世，死因是服用了过量苯巴比妥片。最新的一项研究表明，唐纳生前至少谈过两次恋爱，分别是在伦敦和都灵，但都为期不长。

三、预测新种及拼图

2007年，一颗小说分类学新星冉冉升起，她就是年仅十八岁的瑟雷娜·皮萨内洛（Serena Pisanello，1989—　）。1989年4月4日，瑟雷娜生于罗马市郊，父亲是牧师，母亲在当地教堂中任管风琴师。从小生活在浓厚的宗教氛围中，瑟雷娜唯一的爱好就是阅读。七岁时，她已经读遍了教区图书馆中的文学类藏书，并从借书卡的索引目录中接触到了小说分类学这一名称。然而她对此并未表现出特别的兴趣，只是将其作为文学中的一个支系稍有涉猎。十六岁时，瑟雷娜进入圣格雷戈里罗马天主教中学读书，在这里，她遇到了三十七岁的小说分类学选修课老师乌利塞·阿尔德洛万迪（Ulisse Aldrovandi，1968—2009）。乌利塞的教学方式十分古板，完全照本宣科，课后作业是要求学生抄写小说检索条目，随堂测验则要抽查学生对检索表的记忆情况。然而在这些几乎把学生变成背诵工具的严苛要求之外，乌利塞却敏锐地捕捉到了瑟雷娜的分类天赋。查看当时的随堂测验记录，瑟雷娜没有得过比满分更低的分数。如果只是记忆力出色，瑟雷娜还无法引起乌利塞的注意。此时，网络社交触发了瑟雷娜在分类方面的链式反应，她开始活跃于虚拟空间中的小说辨识群组。

名不见经传的乌利塞老师恰是一位民间小说分类爱好者（简称"民分"），也是网上辨识群的组织者之一。当瑟雷娜提交入群申请时，乌利塞已经通过资料卡片"识别"出了他的学生。

小说辨识群组是一类自发组织，以辨认小说种类为乐。要知道，小说分类学发展到20世纪后期，专家学者的兴趣已经转向对种间关系的研究，而发现小说新种的任务则部分地转移至民间。当小说分类学得到一定程度的普及后，小说新种的命名规则也逐渐为普通读者所熟知。与热衷于调整分类框架的分类学家不同，"民分"对小说树究竟应该有几条主干之类的学术争论毫无兴趣，他们接受了风靡一时的"二目论"体系，随后便在这个框架下玩起了命名游戏。民分至今已经正式发表了对358种小说新种的命名，其中近八成都是在21世纪的最初五年通过网络向外发布的。许多命名高手正是来自于网上的小说辨识群。

经过群主的稍加引导，瑟雷娜在网络上的表现立刻超出了随堂测验的水平。令乌利塞吃惊的是，没过多久瑟雷娜便开始挑战难度最高的"隐种识别"。"隐种"（cryptic species）这个说法是从自然界命名中平移过来的，原指两个在形态上难以区分但又存在生殖隔离的物种。比如神话科伊甸园属孔雀种与黑童话科动物园属孔雀种，两者即为一组隐种（小说中的生殖隔离主要是指该组小说物种在时间、空间、体裁等任一方面的相互隔绝，两种孔雀种表现为时间隔绝），这属于隐种辨识中较为容易的例子；难一些的如口述科修辞论属标题种与文论科文体论属标题种，这组隐种在形态上完全一致，至于是否存在可以辨识的区别，则是学者们（及民分们）争论的焦点所在。

20世纪末期，小说分类学家通过将不同的"小说种"类比为生物物种，从而研究小说类群的亲缘关系。比如，神话科与童话科的亲缘关系，要比其与侦探科之间的关系近。这一方面与小说题材在历史上出现的时间顺序有关，另一方面小说分类学家也会参考不同小说种之间的技术特征（诸如修辞和叙述策略），比较其相似度高低。因此两类出现时间相隔遥远的小说却可能分享了较近的亲缘关系，如拟小说目中的寓言科与文案科。小说分类学家进而认为，现有的小说种之间如能发生杂交，经过交换各自的分类要素（应用唐纳的转换规则），可演化出小说新种。

瑟雷娜对时间上的隐种（参照前述的一组孔雀种）并不感兴趣，而将空间隔绝的隐种作为她研究的重心。这里"空间"的意思是指，存在一组形态高度一致的隐种，它们之间无法再通过交换有效要素产生新种，这也意味着分类的终点。瑟雷娜将这一组隐种称为绝对种（在某种不甚严格的意义上，你可以将这组隐种视为一个单一种，犹如一张纸的正反两面）。

2007年7月，在等待大学秋季学期开学前的那个暑假，瑟雷娜通过乌利塞向《小说分类学报》提交了一篇简短的论文，阐述了她关于绝对种的两个想法。首先，小说分类学家乃至普通读者完全可以尝试在不同的小说种之间实现人工杂交，直至最终出现绝对种（瑟雷娜对此给出了她基于唐纳算法得到的绝对种杂交法则）。另外，任意杂交意味着小说分类树的格局将被打破，分属于不同小说目的小说种，也可以通过杂交产生绝对种，真与拟二目将不复存在。

瑟雷娜的这两个想法开创了小说分类学界的两个全新领域，一为预测，二为拼图。人们可以通过分类学意义上的杂交来预测小说新种，由小说家按照杂交后的分类特征创作一批新小说，其中获得读者认可的小说将被作为这个小说新种的预测种（即传统意义上的模式种）。而那些按照预测结果最终得到确认的绝对种，就成为了小说世界中的一块永恒拼图。每获得这样一张拼图，人们对小说世界的认知便又扩充了一步。小说分类学家的任务不再是构造框架、识别新种，而是指导小说家注模。

2007年10月，瑟雷娜被帕多瓦大学小说分类学系录取。乌利塞此时仍是一名默默无闻的中学教师，瑟雷娜并不知道她这位老师的网络身份。乌利塞也没有因为瑟雷娜的出现而改变他的教学方式，依然是古板的念诵与背书，似乎他在现实生活中的职责就是把整个小说分类条目重重地砸向那些未成年孩子的头。

2008年3月，大一第二学期刚一开始，瑟雷娜就选择了退学。同年10月，她出现在另一所公立大学的通信工程专业录取名单中，自此瑟雷娜在小说辨识群中销声匿迹。2009年秋，瑟雷娜参加了中学老师阿尔德洛万迪的葬礼，他在那年春季确诊患有肺癌。阿尔德洛万迪的墓碑上刻有一行箴言，据说是瑟雷娜在皮亚若萨岛游历期间聆听到的天启：万云归于宁寂。

参考文献：

〔1〕蒋锦浩、徐亦玲.二十世纪小说分类学发展综述，小说分类学报，2001(3)：395-398.

〔2〕蒋锦浩、徐亦玲.小说新种预测试验及有关预测机理，小说分类学报，2011(1)：59-68.

病句与谎言

一、不协调病句

1961年2月，《玄黄》杂志发表了纪锡尧（浙江东阳人，1911—1981）的《病句遐想》。该文一上来便试图区分"有效病句"与"不协调病句"两个概念。

"不协调病句"包含了两种病句类型，即"语法病句"与"逻辑病句"。传统观点认为，这两类病句使整个语句难于自洽，必须改变语法成分或取舍逻辑词项，才能使得语句表达的意思为唯一，否则为歧义句型。而在实际使用语言的过程中，歧义句型是不被接受的。

纪锡尧写道，在有效病句中，人们总是能独立了解句子的意旨，并容易修改；而在不协调病句中，除非结合上下文，或依据常识推断，否则难以明确句子所要表达的内容。

他在文中试举了两种类型不协调病句的例子。语法病句的一例是："意志越烧越旺。"理由是抽象的意志无法像火焰那样燃烧，属于"主谓搭配不当"。但纪锡尧同时指出，这个句子不同于有效病句，不给出具体语境，可能是难于修改的。他给出了两方面的考虑：

第一个方面关乎审美。他坚持语法病句的修改要遵从最少破坏原则，也就是用最少的字词替换病灶单元。在没有初始语境的情况下，他拟想了两个修改方案，分别是"意志愈挫愈勇"和"宇宙越烧越旺"。纪锡尧坦言，这样的修改既破坏了原始语义，也难以满足对最少破坏原则的追求，"如此修改一定是不美的"。

紧接着，纪锡尧解释了他不愿修改此句的第二个方面。原来，这个例子改写自他在沪江大学读书时期、同窗好友孟陆未（1911—1973）的一首革命诗歌，原诗的第一句是：意志在燃烧。"诗歌是抵挡语法病句的一道堤坝……似乎一旦到达诗歌的层面，语法病句就会望而却步。反过来说，诗歌也是一道安全阀门，它就像一间堆积了足够多惰性气体的房屋，语法病句在其间走来走去，变成了失去引线的不安分子。"

纪锡尧给出的逻辑病句例子是：我们相互自尽吧！他指出，使用此句的人，可能是想不无幽默地定义一种自杀方式，是对"联手准备，相互见证"的不当简化，这种漏洞百出的解读（原文如此）意在使原句更接近语法病句。无论如何，修改逻辑病句近似于对事实的考察，与审美无关。纪锡尧将这类句子称为"错句"，从而与"病句"相区分。

从"病句"与"错句"的概念辨析出发，纪锡尧重拾文章开头的话题，继续探讨"有效病句"，并引入了一个新的概念。

二、病句不存在

"有效病句与语法病句的区别有时并不明显。诸如'成熟的苹果跌落地球''山峰感慨雪层的寂静''水是对水的正确描绘'……这一类存在语法瑕疵的句子，当人们质询它们所要表达的唯一意思时，就使得这些句子滑向语法病句。而如若人们通过一两个词的简单替换，把它们变成正常的句子，则可以认为原句不过是一些有效病句。

"因此，区分两者的最好方法是评估'修改'对句子的损耗程度。有效病句的修改是'没意思'的，乏味的，消除语病的过程不会为句子本身增添光彩。语法病句的修改是建立在牺牲美感、放弃表意的多义性——与歧义有所不同，歧义是表达的意外，多义性是句子表达的目的——等基础上的，对修改与否的辨析成为了获得句子美感的来源。"

纪锡尧在文中不无遗憾地承认，他举出的例句尚只是一些单句，这使得它们看起来像是诗歌中的一行，"必须再次重申，诗歌拒绝讨论病句。诗与平常应用语言的方式不尽相同，但这也不是说，写诗就是在写一组特殊的病句。"

"与错句相反，病句并非人们无法理解的句子。人们定义病句、识别病句，都是对语法规则的实例补充，而不是破坏。

"语言似乎具有一种自我修复能力，能够容忍一定程度的语病,并将其吸收进语法体系。从这个角度说,'病句'是不存在的,病句只是一个句子进入常规语言的前期准备。而诗歌写作的初衷绝非为了进入常规语言,篇幅所限,这里不能加以综合比较和证实,只是提出一个大略的猜测:诗歌是一种近似于逻辑病句的错句,它从根本上拒绝来自语法的修改。"

三、谎言拟态虚无

20世纪60年代,无人对纪锡尧的这篇《病句遐想》发表看法。现今能够找到的纪锡尧通信中,只有孟陆未曾经给大学同学徐广一(1911—2000)去信,谈起过这篇文章,后由徐广一在信中转述给了纪锡尧:

"他(纪锡尧)有什么资格谈论诗歌?还是叫他安安心心地在床前照顾那些有病的句子吧!顺便请你(徐广一)问问他,我去成都前,他信誓旦旦与我说的那些话是否兑现过?我想他对谎话比对病句的研究更熟稔于心吧!"

大学毕业后,纪锡尧与孟陆未分道扬镳,前者去了北京,从事语文研究,后者游走西南山地,偶有诗歌发表。两人至死再无往来。如今,在纪锡尧的墓碑上,按照死者生前遗愿,铭刻着孟陆未组诗《刻毒似火》(发表于《太白诗刊》,1960年第3期)中的一句:他死在白天的深夜。

徐广一曾经表示,孟陆未信中的指责对纪锡尧打击颇大。此后纪锡尧曾数次写信给孟陆未,但这些信件都未得到回复。孟陆未生前没有诗集出版,文字性遗物全部留在成都婆家，据研究者称，其中除了诗稿，并未发现纪锡尧的来信。

1981年4月，纪锡尧去世前一个月，《言语》杂志刊登了以他为第一作者的《谎言形态初探》一文。这是纪锡尧时隔二十年后，重返语言探究的专业期刊。

纪锡尧在文中提到，根据以往的研究（高其年，1952），生活状态下的谎言存在两种拟态形式：有害拟态与无害拟态。谎言通过对真话的模仿，帮助说话者受益。在某些情况下，谎言完全以真话的形态出现，它并不编制虚假的信息，它的主语和宾语所指向的对象都是真实存在的，但因模拟了一种不存在的语言环境而令说话者受益。例如，两人相恋时发誓说"我爱你到永远"，就是一种环境拟态（何为永远？一种不真实的语言环境），这句话令说话者与聆听者双方都受益，因此也是无害拟态。反之，说话一方受益、聆听一方致损的情况，被视为有害拟态。但有时，一句失败的谎言反致说话一方折损，这种情况当然也被认为是有害拟态。

明确了有害与无害的概念后，纪锡尧终于切进正题，他在文中自问：小说语言是否是一种环境拟态呢？

"小说语言可以由真话组成，也可以全由谎言构成，无论它指向的对象是否真实存在，它都需要模拟一种对象在其间活动的环境。如若没有真话或谎言在环境中的有序运动，小说将只是一堆僵死的例句。作为读者，我们当然不乐意看到这种语句坟场式的小说。"

纪锡尧进一步细致考察了小说的拟态问题，并推翻了他之前的部分结论。

"试想，在自然界中有三种蛾子，一种剧毒、一种弱毒、一种无毒，它们都长有红黑相间的警戒色花纹，作用都是警示捕食者：'我有毒，别吃我。'假设是无毒蛾在模仿前两者，那么一旦无毒蛾被捕食，没有造成捕食者受损，则警戒色失效，剧毒蛾和弱毒蛾个体都面临被捕食的风险。

"在这个例子中，剧毒蛾并不模仿谁，因此相当于真话。而无毒蛾因为对前两者的模仿，且有可能造成自身乃至群体受损，如同一句失败的谎言。

"反过来考虑，假设无毒蛾（谎言）模仿的对象是剧毒蛾（真话），那么捕食者一旦先吃掉真话，会立即死亡，其他的捕食者能否从死者身上得到直接的教训，就成为了谎言自身是否受益的关键：不能得到教训，下一个捕食者也许先吃掉谎言而安然无恙；能得到教训，谎言得救。

"如果中间的弱毒蛾才是谎言模仿的对象，那么捕食者吃进弱毒蛾后不致死亡但也不会太好受，其自身便获得教训从而避免攻击共享同一警戒色的上述三者，整个群体因之受益。这是无论谎言（无毒蛾）还是真话（剧毒蛾）都无法提供的保护。"

至此，纪锡尧得出了一个惊人的结论，即：谎言的最佳模仿对象并非真话，而是另一种语言，三者共享近似的特征（警戒色），并因群体受益而成为一种无害拟态。他断定，这种语言中的弱毒蛾就是小说。散发微弱毒性、文本中既有真话又含谎言的小说如遭捕食，将使得捕食者在接受教训的同时，放弃进攻真话，也保全了无毒的谎言。

在纪锡尧看来，聆听者（读者）扮演着捕食者的角色，他们都是弱毒蛾口味的最佳品鉴师。

敏感的读者在阅读这段有关蛾子的类比论述时，可能为纪锡尧揪着一颗心，担忧他能否自圆其说。但纪锡尧想走得更远，他在文章的最后一个部分再次探讨了诗歌。

也许是记起了老同学曾经对自己的指责，纪锡尧的笔调变得谦卑而惶恐，他说：依据前面的描述，弱毒蛾的警戒色是对剧毒蛾的模仿呢，还是受环境影响的一种趋同演化？是共同的环境压力选择出小说与真话的相似性吗？模仿小说的谎言，与小说中的谎言，又有何区别？

过多的问号就像一丛丛荆棘，绊住了思考的脚步，纪锡尧试图快速推进自己的假想。他写下了这样一段话：弱毒蛾与剧毒蛾在同一环境中演化，它们的色彩是对自然环境的应答。诗歌与小说的不同只在于，它不需要一个自然，它自己就是蛾子身上的红黑斑纹。

"演化是一场军备竞赛，当真话与小说的毒性对捕食者失去效用时，谎言也就失去了拟态的对象。小说中的谎言不复存在，生活中的谎言仍将存活。它将试图模拟虚无，就像无色透明的空气，在没有了听众的幕后，依然独自记录着诗歌音符的振荡。此种谎言的制造者从中既不获益，也不反受其损，他凌空蹈虚，犹如重生。"

参考文献：

〔1〕纪锡尧. 1961. 病句遐想, 玄黄, 5（2）:26-27.

〔2〕纪锡尧. 1981. 谎言形态初探, 言语, 18（4）:31-33.

〔3〕孟陆未. 1960. 刻毒似火, 太白诗刊, 22（3）:18.

〔4〕黄薇. 2001. 孟陆未诗歌研究, 诗坛探佚, 7（3）:13-14.

〔5〕蒋锦浩、徐亦玲. 2002. 纪锡尧文学通信, 小说林, 3（1）:59
　　-68.

〔6〕宋松峤. 1997. 病句示例与讲解, 中学语文考试报, 27
　　（2）:107-108.

〔7〕吉楚学. 1993. 文学拟态理论趣谈, 中学语文考试报, 17:
　　（3）6-8.

作为人类的一员

看

人的眼睛可以向内看，也可以向外看。

当他们向外看的时候，他们就闭住眼睑。

当他们向内看的时候，他们睁开眼睛。

每个人都可以告诉你，他们看到了什么。

当他们向外看的时候，通常看不到自己。

当他们向内看的时候，那里装着许多别人。

在内部，你低头，看到一双脚；你往两边看，看到一双手。

手和脚老跟着我们。为了看到它们，我们先睁开眼睛。

我们闭住眼，就滑入黑森森的外部。我们能做，却看不见。

大部分人对自己的内部很感兴趣，对出现在自己内部的别人，看了又看。

相比起来，外部一成不变，总是老样子。

有时候，在内部，我们正看着的，就是正看着"有时候，在内部，我们正看着"的我们。

在内部，我们跟自己相遇了。

不过也有人，认为在外部也能看到自己。也有人，只能在外部看到黑漆漆的东西。还有人，看到无数种色彩和形状。

当人能够学会想象内部的时候，外部仍然无法想象。

但最终，所有人都会回到外部去。他们即使睁开双眼，也不再看到自己的内部。

如果你想看到他们，你就闭住双眼。

生

每年到一定的季节，就有人被"放生"到广场上。这些被"放生"的人坐在广场的栏杆上，四处看看，对自己刚刚被放出来的生命，有点儿惊讶，有点儿中邪。时不时地，就有一只大鸟飞过来，"噗"的一下，从栏杆上叼走一颗脑袋，要么是一只胳膊，或是一眼珠。这些被放生的人，被轻轻一啄，就肢解了。太阳落下去之前，所有被肢解下来的残尸碎屑，都被这只大鸟叼走了。传说这只大鸟的名字，叫作"无牙"。

环

我脚踝处有一个环。走路时，它不碰到任何。我瘦的时候，它稍稍向脚背那里滑一些，我胖的时候，它就像一枚戒指，挨着我的肉。我矮的时候，身子极软，可以用嘴去敲这个环，它发出铁器的声音，我在它上面抹了两下嘴，就开始学会说话和鸣唱。我的脚不曾离开我，我踩一个脚印，不知道脚有多重；脚环不曾离开脚，我觉得它只有一个脚趾那么重。长高后我学了撒网的手艺，因为我长得够高，我撒的网比别人的大。天没亮我就张开一张网，等着。太阳升起来了，网上挂着些东西。有些东西我已经见过，我把它们从网上解下来，托在掌心里，一会儿，我觉得我的掌心凉了，那就是它们离开了我的手。还有些东西我不认识，我小心对待它们，托在掌心里，很仔细地看。卖给我网的人站在我身边，看着我手里的东西，他用手在它们身上一握，它们就也有了一个环。一会儿工夫，我掌心凉了，心里一紧，我就知道，我心上也多了一个环，我因此牢牢记住它们。我已经不再长高，我继续撒网，等待。有一天，我心里一紧，那里被扣上了最后一个环，和我脚上的环一模一样。

信

信店距离市区大概要一个小时车程。人们没有信可用了，就乘车到信店采购信鸽。信鸽顾名思义，是"会写信的鸽子"。不过这种鸽子的体形要比普通鸽子小了不少，它们看上去十分袖珍，甚至比麻雀还要小些，显得乖巧可爱，可托于掌中抚玩。信店里时常拥挤不堪，大大小小的笼子层层叠叠，羽毛散落了一地，其间混杂着白色的鸟粪和黄色的米粒。店主会将顾客挑好的信鸽从笼中取出，放在秤上称重，量取体长。有些没被选上的信鸽，在笼子里显得蔫头耷脑、神志不清。大多数人将信鸽带回家后，就被它们的外形所迷惑，忘了它们会写信这回事儿。只有个别表达欲强烈的信鸽，会偷偷地用羽毛给自己写信，把信写在脱落的羽毛上。

跑

在白色操场，一个并不是非常擅跑的人，跑到了弯道上，身子向一边倾斜。眼看着他越跑越远，没有再回到直道，而是跑出了操场。有人想喊他回来，提示他偏离了跑道，可是还没喊，就觉得没用。也许他对弯道的理解和我们不一样。也许他就是那个不幸绕了弯子的人。他后来会远远地看着我们，不管是平行还是落后，并为再也回不到操场上而感到痛苦。此时，我们也跑到了弯道上，歪着身子，离后面的人越来越远。在我们前方，又有些人加入，也许他们会比我们先到达终点。

折

有一些人，生来驼背，睡觉的时候不能平躺。他们像海马那样侧着睡，把自己分段折叠——下巴折到胸口上，胸口折到小腹，小腿向后一弯，"啪"，折到大腿后侧，左臂压在胸口上，右臂压住左臂，成一个 X 形，同时闭嘴，上牙落到下牙前头，贴住下嘴唇内侧。他们的脸，随着梦的进行，也愈发低沉，有时会埋在腋窝里。他们的驼背把被子顶起一个包，这个包一呼一吸，像热气球。吊灯还没熄，房顶愈来愈低，鼓包渐渐膨胀。灯光照下来，穿透被面，把驼背人的鼓包照得透明。从外面看，一所房子在夜里，把自己向里翻折，房顶塌陷、四壁收缩，在房子里做梦的驼背人越驼越圆，把整个房子都卷进了鼓包。到了第二天早上，太阳光一照，被折叠进鼓包的房子又打开来，像一朵花；驼背人从蜷曲中舒展开来，像一粒豌豆。

筋

有一个人，脑子里少了一根筋。为了弥补缺少的这一根筋，他常常到自己身体里其他的地方去借筋。

他从眼睛上拿掉一根筋，看东西的时候就比别人目光要短浅一点儿。别人能看到天空，他就只能看到房顶；吃饭时，别人一眼看全了桌子上有哪些好吃的菜，他只能盯着眼前看一张纸巾；与人对视时，因为眼筋短了一根，他总是比别人先挪开目光，因为对视就像掰腕子，少了一根眼筋就少了很多力气，他因此在朋友们中间留下了个怯弱的印象；与好朋友一起看画展时，眼筋短的人就更自卑了，他总是对一些无关紧要的东西发表看法，而忽略了画家们的真正意图——这是因为，他拿掉的那根眼筋距离脑子最近，思考反倒失去了穿透力。

出于种种不便，他只好把眼筋还给眼睛，想办法再从别的地方借一根筋。

这次他从脚上拿了一根筋。一开始，脚筋短似乎对他的生活并没有造成什么影响，走路正常，弹跳正常。不过他渐渐发现，头皮开始变得很痒。他总是挠头皮，他在办公室里一挠，同事们就浑身起了鸡皮疙瘩。回到家，他开始脱发，脑袋上生出红色的点斑。他想起来，自己是患过脚气的。无奈之下，他只好把脚筋也还回去，脑子里便又少了一根筋。

少了一根筋的人，无论如何也想不到自己怎样才能弥补这一根筋的缺憾。但只要有了这根筋，他就可以想到了。

听

有一父子，说话声音都闷闷的。在别人听来，父子俩的嗓音甚难听，可在他们自己听起来，他们的声音有如天籁。有一天父子俩拿到了录音机，很好奇地录下了自己的嗓音。声音经过放大器的转化，传到了他们的耳朵里。俩人都吓了一跳，双手捂住耳朵，拒绝承认这是自己的声音。可是慢慢他们发现，在跟别人谈话时他们好像能听到第三个人的声音在说话，也就是来自录音机里的那个声音。过了一段日子，他们从自己的耳朵中再也听不到自己以前的嗓音了。

异人

新教师

学校里来了新教师。迎新的那天晚上他给我们朗诵了一段英诗，据说是写《国王的人马》那位作者的诗歌。有懂行的老师告诉我，他的美语很纯正，是那个大学城才有的口音。难怪他自我介绍说在美国留过学，并且刚回国那会儿还是在北大任教的，不过鉴于北大古板的氛围，他选择了下乡教书。我们都是当笑话听的。

他人瘦瘦高高的，有点耸肩塌背，左脸向下耷拉，可能是年轻时脊柱受过伤。后来有一天，村里有人看见他身背箭囊，上山打了一只白色大鸟回来。人们这才知道他到乡下来的目的，其实是为了捕获这种巨大的猛禽。平时显得不合群的他，忽然凭借猎人的身份得到了很多师生的尊敬。从此以后，他就穿着斗笠蓑衣上课。

叔叔是相声演员

暑假我被爸爸带到叔叔家。叔叔是相声演员，每天早起就离开家了，到处走穴，很晚才会回来。说是在叔叔家过暑假，却几乎见不到叔叔的面，爸爸每天坐在客厅里，看电视上放的叔叔的节目，一言不发。我自己呢，就在各个房间窜来窜去，寻找好玩的东西。好像时间是静止的，每天都是同一幅场景。

今天早晨天还没亮的时候，来了一辆吉普车，把我从叔叔家运走，车上有叔叔的遗像。临走前，爸爸拿出一个相声剧本，是他这几天坐在屏幕前冥思苦想出来的。他希望我能接叔叔的班。在训练场，我的第一堂课是：站在平衡木上，保持谨慎，不要掉到下面伏有鳄鱼的水塘里去。

地铁里的音乐迷

说话声音是从背后传出来的，大概从我一进车厢就在谈论了，只是现在才发觉。大声地谈论古典音乐，无论在哪种场合都是令人侧目的吧。在音乐厅里，人们谈起大师的名字是小心翼翼的。收音机里，主持人扭捏发音。音乐学院，专业的评论大都发生在封闭的房间内。

一个男人的声音，像是在自言自语，但又不是无逻辑的胡话，有些口吃的痕迹，导致音乐家的名字被语调拉长了，例如：卡啊……拉扬。

"卡啊……拉扬跟瓦……格纳一样……什么都要管！

剧本！舞美！乐队！都要管！梅塔，梅塔也是这样！"连珠炮似的指挥家名字让我不得不猛拧脑筋了。我转回身去，倒要看看是谁在说话。

三个男人围成一个小圈，在不开启的那侧车门处站着。在我看着他们的这一刻，是没人说话的，就像你忽然想起来看看钟表，发现秒针仿佛静止了一样。但错觉只持续了很短的一段时间。着一身黑衣、瘦高、戴眼镜的年轻男子马上又开口了。

不对，是面对黑衣男子站着的一个穿红色衬衫的发福胖头中年男子先提起了"小泽征尔"。

"小泽征尔好久没出来了。"

"小……泽征尔都八……十多啦，他……的身体不好，把去年……下半年的演出都推了……他的身体不好了。"

"小……泽征尔有个臭毛病……他带一个乐团……从来不超过一年。"

黑衣男子比胖头中年还要高一些，胖头中年在说话时总是跟黑衣男子保持着一段安全距离，而另一个面向这两个乐评家的壮实汉子大概和我一样，只是个好奇的听众。

任何一个看到黑衣男子说话的人，大概都会跟他保持这段安全距离。他瘦高的身材套着僵直的西装，形同被衣服绑架了；左手上拿着什么东西，也许是唱片和演出单；手指枯涩有棱，留着脏兮兮的长指甲；他的脸色就给人一种不健康、至少是营养不良的感觉，与其说是咖啡色不如说是陈茶一般的锈色，用水洗不干净，但又透出古怪的活力；镜片后面那双精圆、炭黑的小眼珠，不时飞快地一转，将目光扎在谈话对象身上，但当自顾自发表评论时，又移去别的方向，丝毫不关心他的听众是否在听；他油渍麻花、点缀着白色头屑的分头，鬓角处已经钻出了白发；在那张开开合合的嘴里，上下门牙向外龇着，如同给谈论的话题佩戴了武装。他说话带一点北方口音，不知是否喷着难闻的口气。

胖头中年谨慎地保持着那段距离。胖头不发表长篇见解，但他会改变话题的方向，通常是在黑衣男子正系统性地阐释某个问题而又毫无进展的时候。黑衣男子谈到两个指挥家曾经竞争柏林爱乐的首席，胖头中年问："去年是不是有个指挥家死了？"

"哦。阿巴多嘛。"他们（当然主要是黑衣男子）便又谈起阿巴多。后来又说到马泽尔。

"真可惜啊，听不到小泽征尔了。"胖头中年为自己做出的伤感评论而不自觉地点头。

"他都八十多了！"黑衣男子大声强调着。

胖头中年要在这站下车了，他和黑衣男子之间的距离扩大了。那个曾经充当临时听众的壮实汉子这时也站到将要开启的车门处，他和他们，是不认识的。胖头中年和黑衣男子，大概是偶遇，也许是刚刚在某个下午场的音乐会上认识的。"谢谢你啊！"胖头中年用这句话表示再见。

"哦，你在这站下车啊。好的……好的，我还两站！"黑衣男子扬起他那颗乌黑油亮的头颅，看了眼地铁线路图，轻松地说着。他的左手，紧紧夹着那好似是唱片和演出单的什么。

东北的爸爸

马关迎，吉林辽源人，来北京后在昌平区的一个理发馆里做小工，慢慢成长为了理发师。两年后，老板转战城里，在丰台一个居民小区盘了一家店，他也跟随而至。我就在这家名为"二虎"的理发店里见到了他。

熟悉他的人都叫他"白马"。他戴一副黑框眼镜，长方脸，长得白白净净，举止斯文，像是刚毕业不久的大学生。恰好原来为我理发的师傅已经离开了店里，我被白马面容里的安静所吸引，便怀着好奇坐在了他的理发位，等他为我披上白色的围布。

直到有一天，白马也走了。他去参加成人高考，立志学习绘画。在最后一次找他理发时，我们聊到他的几何石膏，听他讲每天收工后，在顶楼的出租房里练习素描，经常画到深夜。画画给了他从未有过的乐趣，他还为我推荐了两本绘画入门书，一本讲素描技法，一本讲绘画的观念。对于后一本，他尤其推崇。他告诉我，自打看了这本书后，他就开始用另一双眼睛看世界。

从前只记得他是东北人，只在他离开后，通过他一个同事的口，我才知道了更多他的事情。其实论手艺，白马不及他的这位高中同学。两人先后来到北京，都以理发为生。据白马的高中同学说，白马从小生活在单亲家庭，脾气乖戾，做起事情来常常一意孤行。"我们自高中毕业后就分开了，后来他告诉我要来北京，我就叫他来了理发店。"那时候的白马一头长发，耳垂上坠着一个粗硕的耳环，在耳环的牵拉下，他的耳洞越来越大，变成了土著人般的椭圆。只是最近一年，他才忽然理了短发，头发顺从地趴着，再也没有原来的飘逸；摘去了耳环的耳洞，也慢慢愈合了。

"他玩东西特别钻。"白马高中同学的剪刀来到我脑门上的时候，我从闭着的眼睑上察觉发丝的掉落。"比如有一阵我们都玩掌机，像我就只是当作娱乐，放松一下，白马呢，像干一件工作似的，他只要玩上了这个游戏，就拼命钻研，经常一玩就玩到半夜两三点钟。"唔，一根筋，这没什么，玩游戏的人多了，能玩出不一样的人也多了。"但他，只要哪天决定不再玩了，肯定从此就绝不碰这个东西。"所以，白马自打收手后，就把游戏机卖掉了。

"后来他又喜欢上了骑车。"我闭着眼，在剪刀有节奏的触碰下，快要睡着了。"白马用好几个月的工资买了一辆顶级的山地车。休假的时候，他从北京骑到婺源去看油菜花。"那得骑多少天？"半个月吧，我也记不清了。后来过年的时候，他又从北京，骑着山地车回了老家。那可是大冬天，东北好多道路都上冻了。"他和他的山地车，回到单亲家庭，回到妈妈身边。

"白马平时和你说话多么？"我开始对白马越发好奇了。

"不很多。自打来北京后，我们之间就没怎么说过话。一下班，他就关在自己的小屋里，不知道在干什么。"

"那你知道他离职，是要去参加成人高考么？"

"嗯，这个他说过，知道。"

"他要去学画画。"

“是，我还看到过一回他的画，那小子好像在这方面挺有天赋。”

我都没有看到过他的画。我也是一个成天嚷着说要学画画的人。我买画笔买了一年多，连包装都还没有拆开过。

“我记得，那小子总是说梦到自己的家乡，他就画自己梦里的东西。他有时会画一些村里的树，画土墙，还有拖拉机。”

是么。“我是不是有些谢顶的趋势？”理发快结束了，我看着镜中的自己，同样的问题我也问过白马。

“有一点，您的发量是挺稀疏。”

“那怎么办？我害怕脱发。”

“平时注意保养，洗发时别太用劲，不要用太烫的水……”同样的话，白马也对我说起过。

梦到自己家乡是怎么回事？我从没离开过自己的家乡，也从来没想过“梦到家乡”是一种什么样的感觉。

白马的同学对我简略讲述了一个白马做过的梦。有一阵，白马还曾痴迷过解梦，成天记录自己的梦境，试图从中追踪自己命运的轨迹。

听完这个梦后，我便决定对其添油加醋，并用第一人称的方式重新表述出来，我想看看，这个梦如何变成我自己的“梦到家乡”，它也许，会在我身上引起什么变化。也许根本不会有任何改变。

下面的内容，就是这个改编过的梦：

我在北京上了三年高中，却因为户口的问题，要回到老家参加高考。我的老家是东北吉林辽源的一个小乡镇。我高考的那一年，正赶上气候异常，老家在六月份下起了鹅毛大雪，气温也骤降，积雪覆盖的道路结了厚厚的冰层。回家的路便异常艰难。

考试一共三天，要求考生全部住在一个学校里，采取封闭式管理，家长只能在考试头一天将考生送进学校，三天中家长不许进入学校探望。接我回老家的爸爸在门卫那里登记我的入住信息，一个做学生辅导生意的团伙，不断将电话打到他的手机上。十分不耐烦的父亲，在话语间和对方起了冲突。伴随着越来越激烈的争吵，爸爸开始威胁对方，在东北这块地方，他要随便弄死一个人，简直易如反掌。从话筒那边传来的声音也越来越大，对方毫不示弱，发誓要将我们父子两个抛尸野外。我根本不知道双方是因为什么争吵起来的，门卫对我爸爸在电话这头的耍浑，从开始时的惊异变得越发厌恶，他做出手势驱赶我爸爸。眼看我的入住登记就要泡汤了，而明天我就要参加人生中最重要的一场考试，为此我独自一人在北京学习奋斗了三年，这所有的一切努力……想到此，我开始用小手不停地抽打我爸爸，心中急如乱麻，越急便越用力，我那双幼嫩的小手竟将父亲的厚夹克抽出一道道口子，在他的后背上，抓挠出一道道血痕。

我一边流着泪，一边责备父亲，非得在我考试的时候添乱，非得在我考试的时候……而这位让人绝望的父亲，仍不为所动地在电话里和对方互骂。

纸镇

1

"苯"是一个披着斗篷的人。在他的斗篷上，显见一个"十"字形的图案。苯先生解释，这图案不是十字架，也非任何符号。"它只是，"苯把斗篷拽到身前看了看，"一个缝纫过程的遗留。""你们怎么不注意，我斗篷的两条边呢？如果你们关注斗篷中央的十字纹，那么斗篷两边所形成的八字，不是更有遐想的空间。""然而，事实上，这个八字，是剪裁过程的遗留。"

苯先生用手扶了扶他头顶的草帽，想到了一个办法，他把草帽摘了下来，听众发出一声惊呼。原来，苯的脑袋非常小，比起他脖子以下的斗篷，就像是刚刚钻出地表的草茎。苯立马又把草帽戴上了，他银针一般的脑袋很怕受风。苯披着他的十字纹斗篷，从听众面前扬长而去。有细心人士指出，苯先生的草帽宽度和肩膀宽度是等长的。

2

"眉"是苯的好朋友。眉有些遗老气。他留辫子，见面就给人作揖。作揖时两手紧张地握成一个"目"字。为了配合他的辫子，眉特意购置了一顶官帽。这个官帽就是"户"，眉回到家，会小心地把户挂在"非"或"丁"上。非和丁是他家里的衣帽架。当眉不戴官帽的时候，他就戴一顶正正方方、白色的折纸帽子，这顶折纸帽子中间有一条折痕，常有人以为眉是回民。

3

"尖"是纸镇上的杂技演员。他表演的项目是抛球，把三个球从左手抛至右手，三个球在空中运行的轨迹是一个半弧，从肩膀越过了头顶。尖的站立姿势永远是两脚分开、与肩齐平。他对自己的技艺做出了改良，现在他先从左手抛出一个球，当刚刚用头顶接住这个球的时候，第二个球已经从左手出发了，划出一道短弧。这时候尖一摆头，第一个球从头顶掉落，落向平伸着的右手，划出一道短弧。当第二个球正好落在他头顶上方时，他左手里的第三个球也出发了，在空中划出一道短弧。因此纸镇上的人们现在看到的，就是尖改良后的抛球技艺。

4

"杰"穿着一双老式的轮滑鞋，每只鞋上有四个轱辘，两个在前，两个在后。轱辘的颜色是橘红色的。纸镇上没有轮滑社，杰也找不到同好者，他一个人，在纸镇的街道，也就是绿马路上，滑来滑去。他滑累了，就挺起身，将双腿一并，两只脚脚跟相对，脚尖向外打开一百八十度，双手向两侧一摊，不鞠躬，谢幕。

杰有多套轮滑服，这成为了纸镇居民的谈资。比如，下雨的时候他戴着头盔，外表就变成了"黑"。到了冬天，他买了鸭舌帽，穿羽绒服，系着围脖，看上去很像"熏"。每年的狂欢节，跟着花车巡游的时候，杰还会穿上他的蓬蓬裙，这时他的样子，看起来就是"点"。

5

"或"是纸镇上的音乐家。在纸镇的田字广场上，或坐着蒲团，演奏竖琴。在来到纸镇以前，或曾经在大城市里演出，很不幸，她在一次旅行中遭遇了车祸，失去了下半身和左手。或十分小心，不让人看到她没有左手的那侧身体。纸镇上的居民十分善良，自此不再绕道田字广场的背面。用右手拨弦的或，弹出的乐音十分缥缈，听众们仿佛能看到丝丝缕缕的五线和乐符，在广场上升起，如同"甾"字。这引起了遗老们的担忧。

6

"圆"是一个富有正义感的方脸人。谁一旦看到浓眉大眼的他，就感到自己的渺小。因此，在或演奏靡靡之音这件事上，少部分怀有怨言的遗老，在圆的面前都不敢吱声。圆有时会推着或的轮椅，在纸镇上消磨时光，没人敢评议他们之间的关系。圆和或后来终于结婚生子，邻居们都说他们的孩子脸型像圆，眼睛像或。有时候圆拿出他们孩子的大头贴，端详，慢慢也认同了这一点。他给他们的孩子起名叫"回"。

7

"方"是纸镇中学的健美老师。他热爱他的工作，他工作的地方就在学校的领操台上。每天早操，同学们在台前集合。校门外也聚集了不少观众，他们都是纸镇上的老住户了，他们的孩子在这里上学。方朝气蓬勃地跃上领操台，摆开造型，是一个弓字步。长久以来，他只会朝观众的右侧迈出弓字步。弓字步赋予了方老师一种独特的身体韵律，谁也看不出，他已经是快六十岁的人了。方一天到晚青春洋溢地竖着调皮的发髻，像还了童的老道。

8

纸镇上还有巡警，他就是"页"。页穿着笔挺的制服，他的脑袋看上去特立独行，分明长成了一个"一"字。正因为这一点，在纸镇上，没有人比页更适合当巡警了。页干脆把警灯改装成帽子，安在自己横向生长的脑袋上。这警灯可以三百六十度旋转，发出呜呜的响声。页巡逻时迈着八字步，为自己的警灯脑袋而沾沾自喜。

页除了巡街，还担负着文化审查的职责。在纸镇，每一本书的出版都要经过页的审查。他每审查过一张有出版内容的纸，就在那张纸上盖上一个数字，表示通过。在数字的后面，还有他自己的印章。当人们需要查找相关审核记录时，就报出数字和页的印章，比如"十九页"。

9

与页警官在纸镇的威望相称，他的妻子是一个悍妇，她是"豆"。人们经常看见豆双手叉腰、站在街上破口大骂的样子。身高矮一些的人，不仅淹没在豆的口水里，还看不到豆的鼻子和眼睛。他们只能看见豆巍峨的口腔上膛，像是水库和大坝。豆嫁给页后，脑袋也变得狭长起来，人们都说，他们越来越有夫妻相了。

10

"各"是一种房屋结构，上边是屋顶，下边是墙壁。纸镇上的居民大都住在各里。各的房檐适合排空雨水，保证了镇上的居民不会被雨水淋湿。一旦有人被水淋湿，这个人将会患上绝症——漫漶病。他们的肉体会在漫漶中融解，化为一摊模糊的字泥。

纸镇的房屋样式统一，均为各。但在每一排各的中间和两端，为着电力的需要，总会安插电线杆。因此，这些电线杆旁边的住房，往往就被称为"格"。"木"即代表电线杆。准确一点描述，木字的一竖，是杆，一横，是电线，剩下的两画，是电线杆两侧的支撑。

一排排一模一样的各，容易让人迷失方向。纸镇上的居民便利用电线杆这种地标性建筑，来标示自己的方位。因此，当你给纸镇居民写信时，地址的一般模式是：纸镇第N格某某收。某格所在的那排房子所临的街道，依序称为第N格式大街。格式大街排序的方法依照格与田字广场之间的距离而定，由近及远，编号由小到大，前面冠以东西南北。

久而久之，拥有田字广场和格式大街的纸镇，有了自己的别名：田字格镇。

11

在纸镇附近的小山上，有不甘于城镇生活的人，盖了间草房，着手过给自足的日子。这种房子的模样是"落"，它的主体结构仍然是各，只不过添加了茅草屋顶。在房屋的向阳面，瀑布一样自然生长着美丽的爬藤。

它的故事

气筒男孩

这个故事版本众多，我听到的这一版是一个落魄的公司职员告诉我的，那一天，他在雷锋修车摊。

气筒男孩最显眼的标志，是他两只横向生长的耳朵，耳背上全是硬茧。那是被许多欺负他的人日复一日揉按出来的。他们揪着气筒男孩的耳朵向外抻拉，以此取乐。硬茧越磨越厚，气筒男孩的耳朵演化了，耳郭卷曲起来，成为一个圆筒，渐渐还有了些包浆。这些恶人随之改变了游戏方式，他们用手攥住气筒男孩的圆筒耳朵，向下按压，气筒男孩的脖子就被按进了胸腔里面，然后他们再用力向上提，气筒男孩的脖子便又被拔了出来。如此往复，气筒男孩的胸腔里因为空气的运动、压力的改变，产生了一种奇特的韵律，恶人们称这个有声游戏为"打气筒"。

气筒男孩并不因此觉得他的世界很灰暗。他想到了一个解决办法，就是不生闷气。那些因为按压拉伸脖子而在胸腔里积聚的气体，怎样才能发泄出去呢？放屁排气总是不太雅观的，也破坏了那股奇妙的韵律，气筒男孩在自然选择的压力下，发现自己的小鸡鸡也开始了演变，它变得柔韧而绵长，成为了一根很耐用的出气管。这样，气筒男孩就在恶人的世界中，做到了既不为闷气所伤，又能发挥悦耳旋律的功效，治愈心灵的创伤。更令气筒男孩意外的是，他还因此找到了自己在这个世界上存在的价值。通过他脖子的活塞运动，气筒男孩源源不断地在体内产生气，并通过他绵长的出气管给整个世界输气。他把出气管捅进皮球，脖子一伸一缩，那些皮球立马就气鼓鼓起来，在世界上"啪啪啪"地弹跳；他给轮胎连上出气管，脖子一伸一缩，那些轮胎立马就硬邦邦起来，在世界上"嗖嗖嗖"地翻滚；他把出气管竖起来，对准宇宙飞船，宇宙飞船就立马神气活现起来，在太空里"噗噗噗"地穿梭。气筒男孩羞涩地承认，有些皮球、轮胎、飞船里面还混入了不少他的精子，那些精子就在这个世界上"唰唰唰"地游弋，同时被一层橡胶或者铁壳保护着，永远不死。

在为世界做了许多无私贡献后，气筒男孩经营起了实业，他有了自己的雷锋修车摊。就是那些恶人们的自行车，如果亏了气，也还是要到气筒男孩的车摊来打气呢。

附耳

小L在车上睡着了。小M到小L后边的座位上提行李。小L从梦中醒来，感到自己的左脸向上皱着，哈喇子从左边嘴角挂下来，像是脸皮被揭开了一角。小L内心惊恐，惶惶然扭头看了小M一眼。小M没有什么异常，撅着屁股在行李中翻找物品。小L摸摸自己的脸，感到痛苦。

夜晚，小L睡在小M旁边，他俩脸互相贴着。结婚好多年，两人睡觉的位置也固定了，小L的左脸贴着小M的右脸。选择这样的位置，是小L体贴小M，方便她起夜下床。床的一边顶着墙。

夜里，小L又做噩梦了。他梦见小M贴着他的耳朵说话，那些话都是蝌蚪样子，在他的耳道内奋力游动。时间一长，蝌蚪发育了，长出四肢，蹦进了他的颅腔，站在他的眼眶上，吐着血红的小舌头。小L被吓醒了，他侧头看小M，随即意识到自己的左脸被揭开了。小M耳朵天生长了几根小肉棒，医学上叫作附耳，第一鳃弓发育异常的产物。平时，肉棒顶部是一个五棱小锤子的样子。此时，锤子沿棱绽放，变成了五根小手指，正揪着小L的左脸向上撕开，露出下层的肌纤维。

一动不动的小L就这样知道了自己的左脸一直在皱缩的原因。他忽然想起和小M谈恋爱时，玩笑似的和她说起，他俩名字的首字母放在一起，就是"摸脸"的拼音简写呢。那个时候的小L，时不时地捏下M的小脸，以示亲昵，如今却不想被附耳撕了脸。难道是敏感而多情的附耳，一直把这一切看在眼里、记在心中，出于对他俩恋情的嫉妒，才在他们婚后终于开始了报复吧。

他乘探空气球离去

他一挥手，就走了。广场上，卫兵森严，等待升空的探空气球现在还只是一个布口袋，瘫软在地上，像一口黏稠的痰。小L心中忽然动摇，他这所谓的新工作，真的就比过去的好么。被卫兵押解着，小L钻进了探空气球，他在球篮里坐好，在他旁边，还有几名参加试验的志愿者，都如同参禅一般地坐着。气球慢慢充盈起来。一阵摇动中，小L从观察口里看到球篮的底缘越过了大礼堂平直的房檐，恢宏壮阔的大建筑正在他眼中压扁为抽象的长条。"神圣的大礼堂啊，再见了。"广场上，卫兵变得邈远。一阵孤寂向小L袭来，他不明白自己怎么就选了这样一份与世隔绝的职业，在他头顶上，是黑暗寒冷的茫茫太空。他得从那里，向全世界发布天气预报。

被子

W被邀请参加一个青年写作者的聚会，聚会唯一的要求是把自己的作品誊写在被子上。W辛苦了一个白天，晚上就裹着被子出发了。聚会地是在一个大诗人家里，W乘坐电梯，到了10楼。漆黑的楼道里飘溢着烟味，这让W想起大诗人最为著名的那张肖像——斜嘴叼着烟斗，脸上的横肉暗青。大诗人家里也如楼道一般昏昧，看不清有几个人参加这聚会。W披着他的被子，站在圈子的外围，等轮到他展示写有自己作品的被子时，聚会已临近尾声。很多人早就走了，大诗人显然对W的展示失去了耐心，攥紧在胸前的拳头开始膨胀；W渐渐看不到眼前的世界，只剩下巨拳。那天深夜，拖着被子行走在街上的W终于通过手机得到了大诗人对自己写作的评价，大约是这样两句话："你写的作品怎么那么怯生"和"你的作品怎么那么不自信？"

恐龙鹦鹉

L的家住在一个池塘边的居民楼里。池塘中水生植物长势茂盛，千屈菜、荇菜、槐叶萍、茨藻，密不透风地掩住水面，把水体颜色搅拌得如同浓汤。惨绿的味道，黏稠的听觉，我趴在近岸的草丛中，一边忍受蚊虫攻击，一边计数出现在池塘中的生物：蛙、蛇、蜻蜓、宠物龟、圆尾斗鱼、烟斗螺、沼虾、蠹蛾的幼虫……计数的间歇，我就抬起头，望着立在池塘边沿的那座居民楼，靠池塘这侧的二楼阳台上亮着灯，L的妈妈在傍晚的光线中收拾晾晒的衣物。晚饭时间，我在L家中明亮的客厅里用餐。餐后，L带我参观她的房间，她养了许多恐龙鹦鹉，一排排格子间一般的笼舍占据了一整面墙。这个品种的鹦鹉顾名思义，是都长成了微缩版恐龙的样子，但它们的嘴依然还是鹦鹉喙，适合嗑开主人奖赏的坚果。L为我逐一介绍着，有时还让我伸手摸一摸它们的背。这里有些鹦鹉长得像三角龙，有些像梁龙，还有些，说不出是在拟态什么种类的恐龙。在参观的最后，L从抽屉里又拿出了几个玻璃盒子，里面的鹦鹉更奇特，它们分别长成了三角形、正方形和椭圆形，L伸手一摸它们的背，它们的背部就凸起墨色的疣点，好像要融化的雪糕。

隼击

潞河中学门口，中午正放学，学生们往校门外涌。老师都穿着深色的西装，分散在学生中间。快到校门时，我走到一个穿绿色羽绒服的女孩子身边。因为脸上长着胎记，同学们给她起了外号叫"青面兽"，而且她的名字里正好也有个"青"字，叫杨青。我跟杨青打了招呼，就一同向外面走。这时我发现，校长走在我们后面，隔着几个人的距离。我心中暗叫不妙，大概恋情就此曝光。这时马路对面的中学也放学了，我的妹妹和她的一个好朋友走了出来。站在街上，她俩摇身变为两只阿穆尔隼，一飞冲天。同学们都仰头看天，我身后的校长也被分散了注意力，望着空中的表演。我也忘了杨青就站在我身边，可能她已经走了而我无法知觉。天上的两只阿穆尔隼在全力追着两只燕子！从街的这头——潞河中学——追到那头——我妹妹的学校——再追回来，就像四只往复运动的单摆。有几次，隼的爪尖都要掏到燕子的叉尾了，随即被燕子一个轻巧的回旋闪避。几轮追逐下来，两只隼一无所获。路人大多仰得脖子酸疼，早早去寻午饭了。此时暗忖，我的心腹大患——校长定是不能再有议论我恋情的兴致。我已忘却了杨青的去向。妹妹玩得累了，从空中下来，化身为人。这么久以来，我头一次笑得灿烂，上前感谢她，在关键时刻替我施了障眼法，转移了许多尴尬的注意。能变成隼在空中飞行，也是只有妹妹才能想出的急智了。

报平安

昨晚在火车上，又是一夜无眠。

刚一进列车，就感到冷气逼人。短暂的适应之后，才渐渐发觉，车厢内的温度并没有因为大股开着冷气就得到有效的改善，反而造成了局部的冷热失调，在短短一节车厢里寻找铺位时竟生出阴阳交错的感觉。

费了点儿劲儿爬到上铺后，发现空调口正对着躺下后搁头的地方，呼呼的冷气已将枕头吹凉了一段时间。来不及为躺下后的问题担心，空间的局促使得我只能佝偻着身子观察下方的情况。中铺虽然空着，但被子都已经散开，枕头上也压了一个凹形。两边下铺上共坐着四五个像是相熟的人，只有一个男孩看去和我年纪相仿。当他抬起头注意我时，我便赶紧向他示意，请他帮忙把我还留在下面的行李提上来。这时坐着的几个女人也都抬头看我。男孩弯身托住行李的底，斜举着送上来，我拉住行李的提手，全身别在护栏上，使了腰上的力，总算拽了上来，抱在怀里。铺脚处的行李格中已经有了一件大行李箱，我推开它一些，把自己的箱包塞了进去。

　　经过这样一番"劳作"，脑门上沁了汗，我再也无法保持住把身体折成一个锐角，便索性躺下身来。

　　最终还是没能忍受住冷气的吹拂。车厢里的壁灯熄掉后，我悄悄顺了扶梯爬下来，踩住自己的鞋，离开近在咫尺的铺上人的鼻息，挪出了半封闭的隔间，来到了过道上。

　　过道一侧的窗帘被列车员拉到严丝合缝的程度，列车似乎已经移出城市很远，很久才有一点灰蒙的光扑灭在行进的窗户上。

　　窗沿下的折叠椅翻开来后，面积却很短小，我双手置于膝上，脊背绷直，如面对着旅人们的梦境听讲。正在心里打鼓如何这么一夜坐过去，想起之前下铺的几个人商量着换铺位的事儿，其中一个是从临近的隔间中换过来的（我们这间隔段里有一张下铺始终空着）。考虑到她的年纪，既然是换铺，要么是因为先前的铺位离自己的旅伴有些远，要么大概就是上下不便了。列车员很久不再巡视了，我离了座位，到相邻的隔间中察看，果然余有一个铺位，竟然还是有窗户可看的中铺。也不知已在深夜中坐了多久，当我再次攀爬上扶梯的时候，车厢已经进入了最宁寂的时刻。

　　我抓紧时间把自己的身体放平，体味着这奇怪的好运，同时感到尾椎因久坐而受了伤一般隐隐刺痛。这样躺了一会儿后，再也感觉不到空间的局促和挤压，不自觉把被角拉到了下嘴唇上；如果不是窗外突然出现的火情，我恐怕真要睡着了。

当觉出那种光照是在延续着的时候，已经明显感到车厢里越发燥热了，空调的嗡嗡声也听不见了，冷气的踪影似有似无。直到嗅到一股尖利的焦煳味道，我才旋着身子，掀开了头顶一侧的窗帘。随即发现山火已经近在眼前了！一道斜坡点满滚动着的火团，从车窗上方掠过，火苗的中心犹如快速睁开的笑靥，在视野中曳出黏稠的糖丝般的划痕。如果此时有人睁开睡眼，映在瞳仁里的火苗马上就能为仿佛已有流火四溢的车厢再点燃两盏小汽灯！我担心人们被热醒后会发出丧心病狂的嚎叫，但由于不知这样的恐怖骚动究竟何时会发生，便再也无法躺下，只是一味用发麻后渐渐失去知觉的臂肘支撑着，向窗外忽然兴起的兽群一般的火焰望进去。

火势终于一点点黯淡下去，但并不是减弱了，只是随着列车的远离，将火留在了山野中。我浑身已经湿透，而所有在铺上还未苏醒的人似乎正是靠了梦的抵御，才免于惨死。天色渐渐转亮的时候，我早早离了铺位，一个人闭了门在洗手间里。在镜中，我眼中的血丝仿佛还留有热度，而在快速查看了面容以后，我确信疯狂还没有侵袭到脸部的平衡。

洗罢脸后，略觉清爽些，便又赶回自己原先的铺位。我对面上铺的女孩儿也已经醒来，被子推到了腰际，弓着的上身像刚从蝉蜕中脱出的虫腹，脖颈向前延出，嘴里叼着皮筋，正将散乱的长发归整在脑后。她的脸型瘦小、枯干，梅红色的近视镜架挤占了眼眉之间不多的空间。我在挂梯上停顿了一会儿，终于还是爬回铺上，坐在了靠近扶梯口的一端。

我看她整理，并试探着跟她搭话（如果忽略两铺之间的空中鸿沟，此时我们的对话就如同来自床头和床尾），"总算快到站了。"我说。仿佛如果不是我说，她还蒙在鼓里似的。

她低头、眼睑斜着向我这方打量过来，从口里取下皮筋，五个指尖钻入皮筋的圆圈，手掌一扩，便已将皮筋褪在腕上，同时手在脑后仍举着黑发。

"是啊。昨天你真在外面坐了一夜？"

后半句来得有些突然，我这才想起，起初因对冷气的不适，曾经面露难色地半坐半躺在铺板上。也许因为这种难挨的神情被她发现，而在一问一答之间向她轻微地抱怨过，透露了自己不想睡在上铺的打算吧。来不及细想——便迟迟疑疑地回说："没有啊，刚开始确实有这打算，但后来在隔壁找到一个空铺，还是中铺，总算睡下了。"

接着又想起什么，赶紧补充说："还逃过了补差价。"

这时她已经把头发束好，彻底扭过脸来说："那就好啊。"

我稍稍将身子抬起些，好让承重的手臂略获休息，并就在调整身体的过程中间赶紧追问："昨晚你有没有被热醒？"我知道，即使昨晚她真的被热醒了，由于上铺已没有窗口可看到外面，她仍可能在最初的不适后继续沉入梦乡，而无法对外面真正发生了什么有所了解。

看她停在铺上，我怀疑她并没听清我的问话。但随后她就回答："我醒过。还看到你就坐在外面的走廊上。我还想，你真要在火车上坐一夜，干吗不直接买硬座。是不是？"说完，她翻身，面向床铺，把脚板摸到梯杆上，准备下去了。

我一时接不上话。耳边再次传来她的声音，"我下去了。"待寻到她的视线，她正仰头看我，我感到紧张，生硬地顿了顿下巴。她转身出了卧铺，下面的人头也已经都动起来了。

她回来后，在她的帮助下，我便开始把同一隔间内几个人的行李依次小心顺下去。下铺像我昨晚刚刚登上列车时那样坐满了人，走廊上也挤挤挨挨了不少心急的人们，将大小行囊或背在身上，或放在脚边，等待着终归要来的进站时刻。

没有地方坐，我和那个女孩儿只好站在过道中，将行李摆放在一起。

因为实在不习惯紧紧挨在一起却没人说话的情形，我还是率先发问了："你这是回家还是外出？"

"是回家啊。"她说。同时一动不动地盯着窗外。

"昨晚还是多谢了。"想起昨天露出一副窘态之后，她教我把报纸展在脸上抵挡冷气，不由得说出了感谢的话。只是话出口后才觉得唐突，没前没后地让人摸不着头脑。

她自然是有几分诧异，眼珠在眼眶里含了一回，但很快又恢复了常态，竟没有再说什么。

我感到再说下去也没有十足的必要，终于知难而退了，沉默着立在原地。列车已经开始减速了，铁道边出现了仓储超市，米黄色的外墙犹如受潮的旧杂志，石灰色的塔楼形同密集的鸽窝，整形医师的招牌在楼顶和楼层间被反复阅读。身处现代的机车中，这样行动迟缓的窗景让人难以忍受，几乎不愿再看。走动的列车员不时提醒着人们将要到站的信息。观察了周围的人们都在忙着各自的事情无暇旁顾后，我好好看了看眼前的姑娘。

如果是在以前，在父亲领我坐车的年月里，恐怕难以有这样的机会好好观察一个女孩的容貌吧。一旦意识到父亲几乎和我同时发现了那些好看的人时，体会到他正因视线的转移而扭转头部，我就感到浑身的难堪和羞涩——我不愿在父亲的这重目光之上再追加我自己的一重。我们走在街上，那些好看的背影在空气中掀起了迟缓的"波浪"，令他脚步放慢，而正常步速的我几乎立刻处于他和前面的年轻肉体之间，无法知道他是否故意——借此从我僵硬的视线中察觉出什么，我每次都必须加快步伐，远远地离开这双重的注目。我想，我对女性的欣赏绝不亚于父亲，但我不想因这层未加解释的注目而将父亲的目光逗引起来，或者说，只要父亲在一天，我就不愿让他知道，我在这方面已然比他还成熟，有多少东西都观看过了呢。

到站时间最终定格在六点零一刻。最后这段路程足足走了有四十来分钟！车速的每一次减缓都能引起车窗旁人们的一阵激动，仿佛目的地对他们而言还是一次因陌生而保守了童贞的冒险；车厢内外的温差吸引中年妇人的关注，拾掇起行李箱中过分整齐的衣物；因铁道边拥挤的居民楼而惹起的关于房价的议论更让人感到，在列车奔驰了整整一个夜晚之后，原本以为已被甩掉的现实生活此时又扒住了车窗，再次成为了时间的主人。

面前这位冷冰冰的姑娘越发给人孑然一身的印象。但只要一到站，她的形象就将如同一片雪花，立刻消融在如流的人群中，那些未完成的对话也就能从形同陌路中得到宽慰，和解脱。这样一想，我也就暗自放松了因始终想尝试再次打破坚冰而绷紧的神经。

我从衣兜里摸出手机，发现不知什么时候屏幕上停着两条信息，分别是"快到站的时候给我短信"和"到哪了？"看看显示的时间竟是发自一个小时之前。老许怎么会起这么早？这样想着，一阵燥热袭上脑门，赶紧回复了短信。同时想象着一出站将会看见的老许的模样。

离开站台后（只听得大大小小的拉杆箱下各样轱辘依次滚过地面发出喧哗，犹如一串串散落、破碎的经文），便进入了一个狭长的通道，随后是阴暗的车站大厅，陈旧的站内设施被劫掠过一般撒满了卷翘的报刊、纸张，脚下传来几种硬物的触感，似有人丢落了无人捡拾的分币。人流向门口的检票员集中，蜿蜒如数群被河口的逆流限制住的鳟鱼。这一次，排队的人们倒是出奇的安静，将粉红色的车票稳妥地出示后随即放入了门楣上方悬垂下来的一个小纸盒中。我以为这是本地的特色，想到此趟出差之前，老许曾说在火车站尽量多收些车票回来，就顺手从纸盒中拣出了浮搁着的几张。虽然并没有人阻止我这样做，但身后的动静却催促得越发紧急，几乎是将我推离了出站口。

还是清晨，到站的旅客在广场上疏散开后，露出了对面尚未开始营业的商业街，竟是海港般的模样——张扬的路旗广告仿若桅杆上扯开的风帆，一间间暗色的门面则扮演了望向水面的游艇，在轻轻摆荡。就连天空也染上了氤氲的水汽，分数次浸润的云层衬出浓淡不同的铅灰，而在薄到即将透露天光的地方，灰色的水汽中又加入了一道反复稀释的钴蓝，像是稀薄的海风。

我将行李歇在汪着水渍的石灰地上，正想按短信中的提示确认老许的所在，老许却已经出现在视野中了。一身米色尼龙防水外套，靛青色牛仔裤，草绿色登山靴，土黄色的双肩背包单挎在一边的肩膀上，他夹着纸烟的手冲我一示意，随即捂回嘴前狠吸了一口，将烟蒂踩灭在脚下，回身上了一辆白灰两色的小巴，车门未拉闭，司机已经将车开出了车位，向我这边驶来。

车上一行七人。老许和一个女孩儿坐在第三排的双人座上。拉合车门后，我弯身向车厢右后部晃过去，落座在最后面的单人折椅上。几乎是刚一落座，便感到这个单独的座位不仅与我在全车人当中最显稚嫩的年龄、资历相匹配，而且也正好是我一直以来在任何场合都不会拒绝的那种座位——既毫不起眼，又不会囿于偏僻，车厢内的一举一动不费丝毫力气就自动排列到我的眼前。

车子驶离火车站后，接连的几个转弯便将街景带动起来，流转如传送带上的景观。沿途的公交站点上，上班的人们像填充的棉絮，塞紧在一个个方形的空间内，被整齐地从清晨的旁边运离，而我们坐在小巴车上，似乎与这个自然的时刻再无关系。

老许转回头来对我说："东西都带了吧。"

"带了。"我摸摸左手边的行李，在它前面，是空着的一排双人座。

这时老许身边的女孩儿也回转身来，从问话中带出了东北口音："你姓王啊？北京来的啊？"

"是啊。您怎么称呼？"我欠身向前，用手按住膝盖，肩膀也耸起来。

"叫我小黄就行。"她快速地回了下头，瞅了瞅行驶的前方，又继续回过头来问："饿不饿。"这回她干脆有些斜侧着身了。我同时注意到，她肯定已经不能再称之为女孩儿了。虽然烫着时新的发型，漂染过的头发却在发丝的根部裸出衰老的灰色。因此不如说是对年轻事物的热衷，才使得她的面容变为年轻。

"不饿啊。"我简短地回答了一句，但在火车上，实际却是滴水未进。

似乎再想不出别的问话，女人转回身去，坐正了。随着她的动作，我的视线被重新放置到前方的路况上，路中白色的虚线匀速地从远方移来，被车窗吞入，像消失在荧屏下方的字幕。虽然只是几句略显拘谨的客套，但其中的用意仍像一个有力的拉手，将我以尽可能快的速度抽入到一个新的交际人群中。这样想着，我对车上的对话多了几分留意。

坐在副驾驶座上的人发着浓重的山东口音，头发稀疏的后脑壳顶住靠枕，略向左侧偏转，与坐在第二排靠窗、留短寸发型的男人说话。言谈中，消瘦的短寸男人流露出一副故地重游的神态，点评式的话语逐渐勾勒出一个离乡数载的游子形象，如今竟借着返乡销售教材之机，成功抒发了一回家乡巨变给心灵带来的震撼。甚至连坐在后排座上的本地人老许，也不禁随着两人的指点而左右交替着观看。

坐在短寸男人身边，顶着一头弹簧卷、裹着披肩的胖妇人，看年龄，她大概就是老许在电话中提到的教研主任王秀霞了，而副座上侃侃而谈的则是教育局的相关领导无疑。当车还在市区里时，短寸男人下了车，被嘱咐了稍后会合的地点后，就消失在灰扑扑的街巷中了。

似乎因起得过早，当汽车再次启动后，已经有了些倦意的老许往空出的座位上展了展身体（黄姓女士已经去和弹簧卷主任坐到了一起），随即将后脑仰在头枕上，任凭来自各个方向的扰动持续打乱颈部的平衡，将头颅摇成一杆水中的芦苇。我坐在那里，细看老许的头茬，竟是红棕色的，像是由于脑袋肿大而充了血。回想起在父亲的引见下初次见到老许，看到他那膨胀的眼泡儿难过到了挤压视力的程度，竟不免为老许的智力担心——这双多少失去了对称的眼珠在眼白中紧张地漂浮，让他像条说不出话的胖头鱼。

在头脑中对老许这样排遣了一番之后，车厢中新一轮对话的重心已经来到了司机的身上。"吕彪，可是我们这儿最好的司机，"教育局领导嗓音成熟，咬字松弛，带有拖腔（出入各种需要发言及无论何时都必不可少的调侃的场合之有效凭证），"彪子昨天睡了几个点儿？"

"四个。"吕彪一打方向盘，汽车在一个十字路口转向，迅速倾斜的窗景里，属于工作日的交通刚刚延伸出一个繁忙的长度。

"啊？"老许忽然叫了一声，"能行吗？"

"没问题。"在吕彪的后脑勺上，靠近天柱穴，绷着几块横肉，像多余的脂肪。

"赢了多少？"领导问。

"赢不多，都是小钱。"

"彪子孩子多大了啊。"王秀霞问。竟是奇怪的哑嗓，让人想起沙地上出现的一圈圈字迹。

后视镜里吕彪压扁的脸上，黑眼珠拐向眼眶边缘，快速地看了眼右侧的超车镜，随即眼睑又恢复成半合的状态，轻轻说了句，"还不到满月呢。"

似乎该有人在这时起个哄——满月里酒席已经置办好，就等着有人来扎破那第一个气球了——我听着，但再没人吱声。汽车偏离了主干道，歪扭着拐上路旁的斜坡，对准车位，停住了。

拉合门"嘭"的一声关闭后，面前是一幢外观朴素、主体呈灰色调的高层建筑。空气中仍是凉润的感觉，像是美玉。天上的云海正一点点调配出浮岛，直至有大片的鱼形云迹从岛隙中游过。

教育局领导、王秀霞和黄姓女青年已经掩身在旋转门中。另一截扇面空间接续着在老许、司机和我的面前徐徐展开，将我们投入到了仍是一片灯火辉煌的大厅当中。

看到古金色的电梯间里已经进去了七八个人，团团站立，老许决定去走楼梯，我当然跟随着。

"你父亲最近怎样？"老许盯着脚下的水泥台阶问。由于走在他的外侧，在转弯处，我不得不加紧步伐，以保持跟他说话时仍处在同一平面。

"还可以啊。就是刚一退休还有些不适应吧。"我忽然想起还未和家里通过电话，告诉父母，我已经和老许在一起了。

"都是这样，过一段就好了。"

来到二楼的楼口（最后这半层楼梯老许仍旧踩得有条不紊，而我已经迫不及待地想跃级而上，一股赶紧冲进明亮怡人的空间中去的渴望被无声地压制下来），几步之外，沉重的电梯门正往两边的墙内退去，拉开了一张张高低杂厝、被灯光映照得黯然的人脸，仿佛合影前的一刻。

"呀，你们走楼梯也这么快啊。"随着人影从电梯间里释放出来，黄姓女青年再次站在了我们面前，她的话就像发现了一个新的游戏项目。

老许礼貌地回应着："你们也不慢啊。"

脚下的猩红地毯托住了走廊向前延伸，在钻过前方的一个玻璃门后，又进入新的空间。在我们前后的人都走在这同一个方向上。

装饰着枝蔓花卉图案的暗红色通道壁板边，一辆金属小推车减缓了人们的脚步，先后有人堆积在那里，拿走了什么。走近一看，原来是餐盘和取餐用的镊夹。

这个安排老许并没有对我说过，想不到还有一份早餐等在这路途的起始，想必是沾了同行领导的光。我也拿了自己的一份，向左手边的餐室走去。

一进去，竟是一个敞厅，隔音良好，从外面根本察觉不到内部的热闹。从一入门的地方餐车就摆好了迎接的队形，贴着墙壁一路配比停当。适应过后，在持着镊夹选菜的同时，便也感到这种热闹还只是视觉上的生动，并不涉及听觉。实际上，来往走动、闲散聚谈的用餐人员仍有几分困意未消的克制，即便是站在餐车后协助食客的服务人员，也三两一群，互相攀比着慵懒的仪容。

寻找座位时，我注意到敞亮的餐室中间有七八张可坐十来人的圆桌，在前面却是一个小型的舞台，无人使用的黑色握柄的麦克仍遗留在台上。餐桌上方的天花板上，远近各吊着四只炫彩的灯球（此时发着银色的反光），看来当圆桌撤出后，这里便是人们获取欢乐的舞池。

在最靠近舞台的一张空桌旁坐下后，老许端着颇有"叠床架屋"之势的餐盘寻过来，坐稳后，看了看我面前的餐点对我说："多吃点儿。这趟路程远，下一顿可不一定什么时候吃了。"

我看看老许的餐盘，足够丰盛了：一碗淡绿色荷叶粥，两只泛着褐色亮汁的茶鸡蛋，两根厚实墩壮的油条，一碟五个短圆的黄金小窝头，一屉油汪白软的小笼包，还有配菜，是木须肉和一小盘香芹豆干。

我起身，又到餐车中间走了一圈，此时门外还不断有人进来，秩序仍是井然的，像是被某种西式的氛围所笼罩，熟悉的人之间也保持着礼貌的客气、眼神的寒暄。而在这么一顿收敛的用餐之后，我和其中的大多数人都不再有见第二面的机会，到底只是一面之缘的做客而已。

好不容易等来新烫出的水饺，也没看见黄姓女青年、同车的领导在哪里落座，待回到餐位，吕彪却已经将自己安排在了老许的身边，偌大的圆桌只供应着我们三个的进餐，仿佛蛋糕上羞涩的一角。

趁着用汤匙搅凉米粥的当儿，我也观察了下吕彪，发现他取了不少肉食，餐叉捏在手中（像握着棵摇光叶子的小树），颌骨一拱一拱（像皮肤下的螺丝在拧紧），脸色鲜亮，并不像熬夜过度的模样，甚至从快速的一瞥中，我还发现他颧骨上飞着两朵没来由的红晕，略显滑稽。

舞台两边对应着侧幕条的位置，各架起一台电视，都在播放早间新闻，音量较小而显得播报员也有几分敷衍和不自信："……华北、黄淮、华南……全国大范围地区出现降水过程，局部地区出现暴雨及冰雹……"镜头转到街边，斜伸的话筒前，一位市民身着盛夏时的凉爽打扮，正接受记者的采访，从声音（该死的巨响）、画面（刺眼的闪电）两方面回忆着昨夜的响动，并向记者指出今早在街上发现的几处陌生景致。"气象专家预计，本市今天还将出现暴雨过程，并伴有短时大风，瞬间风力可达七级，请市民……"

"昨晚雨下得很大吗？"这条有关气象和灾害的新闻一过，我问老许，嘴里已经停住动作。

"大啊，"老许一侧腮帮子上团起个小肉瘤，"你在火车上不知道？"说完他将筷子伸向吕彪面前的小碟子，往嘴里塞了两条咸菜丝。

"不知道啊。昨天……"我决定还是收回不必要的描述，"车上那么吵，就是下冰雹也听不到吧。"

老许似乎挺认可我的话，沉重地点了点头。

"还会再下的，这个地方常年雨水不断。"吕彪忽然直接对着我说道，"到这个地方来出差还是得准备几件保暖衣裳。"

吕彪似乎并不清楚我有一个常年跑这条线的父亲，早已给了我许多忠告，但这建议对我仍是传递了宝贵的善意。"已经准备了，谢谢您啊。"我回说。

说过话，三个人又各自低下头去吃饭。因为不愿意发出任何惹人注意的声响，我把一只煮鸡蛋在桌布上滚了几个来回，终于弄出了陶瓷开片似的纹路。一边剥着，耳朵里又听到新闻，这回是日食。

对啊，今天有日全食。新闻提醒市民，注意不要用裸眼观测日食。记者沿街调查了几款纸片日食眼镜，镜头里，好奇的市民正佩戴上这种简易"墨镜"向天空望去。同时天文台的专家也站在镜头前指导市民，利用随手可得的材料制作观测工具。材料包括：曝光后的底片、X光片上的深色区域、被火燎过的玻璃片，还有从废弃的3.5英寸软盘上撕下的黑色磁片，以及（更像是出于编导自己的喜好）

赛璐珞胶片。

虽然没记住具体的时间，但凭借曾经观测日食的经验，天空暗下来的时刻，一定是能察觉的吧。在那反常的一刻，飞鸟都归林了。

日食的消息过去之后，《每日奇闻》栏目组派出记者，转战火葬场破除"尸体在火化过程中会坐起来"的恐怖传闻。这样的小科教片节奏拖沓，旁白虚张声势。看到短片里出现了一具焚烧中的骷髅微微抬起上半身的画面后，我不再盯着电视，在胃口彻底败坏前吃完了自己的这一餐。

大堂里，中途下车的短寸男人如约和领导会合了。在等待女士们手拉手前去占领一个洗手间的空闲里，吕彪走出去把车发动着了。隔着咖啡色的玻璃墙，外面街道上的声音也被染上了茶锈的颜色。

站在大楼外面，湿润的风所携带的信息愈发印证了吕彪的说法，头顶的灰云极少形单影只的，都泼在一起，漫染到整个天际。

回到车上后，车里的座位重新调整过了。老许和黄姓女青年坐到了第四排（这回黄姓女青年坐在了临窗的位置）；第三排（老许他们之前的座位）是一对先前并未见过的青年男女，头倚着肩，做出亲密的样子（被倚靠的女人向窗外观看时，稍稍露出侧脸，墨镜强调出了她棱角坚硬的脸型）；短寸男人再度和王秀霞坐到了一起，像一对老搭档；副驾驶座上依然是右手紧紧抓住侧窗上方把手的教育局领导（大伙都叫他"赵局"），老迈的手腕依然沉着有力，提醒人们真正对方向的掌控是来自这里。

汽车平稳地滑入主路，周边的事物恢复了快速的轮廓（不再是平日里在城市中步行所习惯的景色）。比起刚从火车站到用餐处的短途驾驶（一次对近距离目的地的悠闲命中），从现在开始，起码从主观感受上，汽车改变了前行的风格，而更趋坚定。

在轻松超越了几辆风尘仆仆的皮卡之后，道边视野逐渐变得疏阔，沥青路面也配合着收卷起来，只留下一来一往两条车道，和许多雨后明亮的水坑。

赵局长回忆起了什么，用一边肩膀顶住椅背，回过头来，越过情侣的"丘陵地带"，好好看着老许身边的小黄，"我说嘛，黄玲，黄玲，以前肯定是见过面，哎呀，刚才吃饭时怎么也想不起来。小黄现在在哪个学校干？"

黄姓女青年说了个学校名。原来她并非本地的教员，而是在某个遥远的小县城里生活。

"九几年那会儿您就说要把她调上来的。"王秀霞的哑嗓慢慢转了一回。

"哦？还有这事儿？"局长面向小黄，"那你当时怎么回事？哪点儿卡住了？"

"当时孩子太小，没人看，就耽误下了。"

赵局长和王秀霞相视一笑，"现在孩子多大了？"

"在城里上大学了。"

待局长坐回身去，老许接着孩子的问题和黄玲聊了起来。

也许是年龄上的接近，两人挺聊得来。老许正为孩子入哪所幼儿园的问题烦恼。借助老许的孩子（一台粉嫩的时间机器），小黄老师也回到了亲子关系的起始，谈论起入托之类的话题，更是轻车熟路。老许干脆把手机掏出来，犹如从身上拔下来一根羽毛，邀请他粉色的儿子在旅途中担当一个过渡节目的嘉宾。

百天、满月、爬行，在手机中，婴儿们成长得更快、更秀气。"这不太像你啊，还是像你媳妇多一些！"这评价让人稍感意外，但又能激起反驳的乐趣，让话题滚动着不至半途坠地。"都这么说，但，你看这眉毛，还有鼻头。"老许上套了。"哈哈，你这么一说，倒是真像！"

车上的对话如果不是有意压低分贝，便是说给全车人听的。在让车后方的这两个人独自交流了一会儿后，赵局长再次转回头来，对短寸男人说："公子已经工作了吗？"

短寸男人四根指骨戳在头顶上，停住不动，想了想，说："还没有，"随即回过头来向情侣中的男孩儿发问，"是大四吧，今年？"

车里没有音乐。情侣选择共用一副耳机，将同一段音乐同时奏响在两个大脑。一路上，两人的背影像一个敞开的琴盒，低声的交谈除了使人意识到他们刚刚也许说了什么，并不透露言语的细节。

此时男孩儿的头从女方的肩膀上立起来，伸手将耳机摘开，拎在一个距离之外，"是大三好不好。过完这个暑假才大四。"

"在大学学什么的？"赵局长又问。

男孩已经把耳机填回了耳中（好像微小的紫砂壶盖），头也跟着重新拢回一旁的女生肩膀上。这一次，对话的涟漪只是轻轻漫过了男孩的头顶，而在距离触发涟漪的中心不远处，短寸男人回答了局长。

"毕业后有什么打算，打算让他接你的班吗？"赵局长又恢复成正向前方的坐姿，搭在把手上的四个指头依次起落了一回，与下方的拇指捏合。

"没有没有！"短寸男人否定得很坚决，但又想起了某种可能，"还得看他自己，这次带他出来也是让他见见世面。"

"哦，这是好事。"赵局长说。

我看到前风挡上长起了白色的水斑，阴沉的天终于再次破了一个洞。

时间一久，随着雨势的加大，由于仅有双向两条车道，加上迎面而来的多是车速极快的重型载货卡车，在这条公路上超车变得越发困难。吕彪已经在前面一辆卡车的后面跟了很久。从前车的尾部掀起白色的水雾口袋，雨刷奋力游动却不能再将雨幕扫开，前方的视野花白一片，如穿行在水帘洞中。持续了几个不安的瞬间后，车子忽然加了速，后背上传来推力，身体一侧轻微失重，车子向左侧倾出，钻出了雨帘的阻挡，逆行将慢条斯理的卡车超过。前方远远的有一个黑点，当它迅速变大时，吕彪已经将车开回了正常行驶的车道，一道浅白的黑影便贴着左侧的车窗倏忽向后面落去。

车上没有睡去的人看到了这段历险。赵局长轻轻地夸赞车子："这车，稳啊。"老许也醒着，加进来："是啊，这种路况，跑起来一点儿不打晃儿。"在雨中，我也体会到了这车的舒适，才一改先前小巴车的外形留在心中的呆板印象。纷沓而至的雨滴一次次退却在玻璃的表面，侵袭不到裸露的皮肤，至少在这暴雨淹没的瞬间，在这四面郊野的省际公路上，坐在快速向前推进着的革制座椅上，这个长方盒子是我们最后的庇护所。

我试着将侧窗推开一道缝隙。马上有倾斜的风混着雨丝强灌进来，将低温扎进了皮肤上的毛孔。这风在耳畔盘旋、更新，我已无法听清车里是否还有人在说话，以及是否有人被这呼啸的噪声所吵扰（用诧异的神情转过头来，衡量我的举动潜藏的对他们休憩的威胁）。

有时独独有一栋院落立在田地的中央，独自承受着翻卷的乌云所倾倒下的所有的雨。院落本身也被淋湿成了一片着陆的雨云，和它看守的庄稼一起，永远地停止了进化。

当我回过头来，发现不知什么时候，小黄老师也已将她那侧的车窗敞开了一道大缝，正豪迈地举起手机，把窗外的山梁拉进她那一小方虚拟的彩色空间中。在屏幕里，水汽缭绕的山景后退得更慢，一格格在闪烁，只能是真实世界的简笔。老许对半山腰的停云发生了兴趣，特意指出它们，还有些筒形的竖云，干脆就要掉到山脚下的洼地里去，好像遗失的玩具。

中途，小巴车开进了道边的服务区。响了几声喇叭，却并不见有人出来。地上画着白线，但除了我们这辆在雨中打转的车，并没有别的车辆停泊。汽车终于还是挨着服务区的门口停下了。

车上的人坐久了，都不免有几分疲劳，加上雨中车窗长时间紧闭，空气难于置换，越发憋闷，此时便都撑了伞走下车来。

我和老许共用一把花伞，脚尖刚一站下，沥青地面上便鼓荡起了涌出纹路的小浪，打湿了鞋尖。面前一个积水的凹坑，把我和老许一下分开左右，伞柄慌张着像头小鹿，从我的肩头移走。更多的雨流注下来，我索性扯开了步子，跃上台阶，冲到了服务区商店的前廊下。

商店内还只是毛坯房的样子，并不见售卖的柜台，也没有照明开启，一个通道却很深邃，直向内降落。先行进入的短寸男人和小情侣不时丢出一段段回声。我静下来转身看着雨帘外白色的天地，汽车被浇在雨地里，车顶上长起了白色的水花，每一朵开了又灭、灭了又开，不留一寸空闲。

老许在我旁边点了颗烟，吸起来，呼出的紊乱气流带散了一些烟雾。车中部的拉门洞开着，正露出座位上的王秀霞。我觉得老许也在留意车里，便问他："她是在吸氧吗？"

王秀霞坐在那里，胸前抱起了灰绿色的充气枕头，鼻前的软管若隐若现。

"她的一个肺今年切除了，肺癌晚期了。"老许边说，边用夹着烟的那只手的拇指指背蹭了蹭下嘴唇，"你没听她说话嘶哑，这是肺气不足了。"说完，老许把烟移近，吸红一个圈。

"啊？！"这着实让我惊异，在我来出差之前，父亲曾对王秀霞在领导面前的做派颇有微词，以致我先入为主地将她看成一个呼风唤雨式的人物。而现在，她却已经是一个风烛残年的晚期癌症患者了！

"她病成这样还来干什么？这一路这样辛苦，不要命了吗？"我不禁说出心中的疑问。

老许摇了摇头，"那只有她自己知道了。"

心里说不出是因吃惊而感到困惑，还是为这个去年还曾跟父亲打过交道、活生生的人，在短短一年之间竟至如此境地而感到有几分难受。听完老许的话，我愣在原地。

直到恍惚看见黄玲在车中做出挥手的动作，老许已换成一副紧急的表情，灭了烟，按住我的肩头说："快，快去拿东西，日食要开始了。"

"什么？"

我被老许一推，已到了雨中，吕彪从车前绕过来，掀开了车厢的后盖，翻身在我的行李上干着什么。

我心里有点儿急，不知发生了什么，身后又传来老许的声音："让你带的吸水纸，快，拿出来。"

见我行动迟缓，这时老许也顾不上雨了，超过我，率先一步到了吕彪身边，竟一起把我的行李撬开，翻开了衣物。吸水纸，是垫在行李最底部的啊。

忽然身边有轻飘飘的纸在落了。我抬眼看看四周，向上移了视线，才看见从阴雨的云层中破出一个方形的洞口，露出太阳的藏身所在。白热刺目的圆盘上已有蚕豆大小的阴影黑起来了，而从那一点儿令人不安的黑里，正着起火来！飞蛾般的小火球源源不断地自那里往外渗出，但在从天而降的过程中，逐渐长大到纸船模样的火苗又都开始有条不紊地熄灭。终于，在半空中，眼看着从一簇簇火里烧出完整的纸来！一枚枚纸币就这样轻旋着托在降雨之中……

地面上，老许和吕彪两个人弯了身，淋得透湿，专注地收纳那些飘落在水中的纸币，抖一抖就夹在手中的两大幅吸水纸之间。我蹲下身去，看着一张被封在水洼里的纸币，认清了那上面的人像，是玉帝。

我没有去捡冥币。身后是去商店深处探险回来、呆若木鸡的三个人，我想往有前廊遮挡的台阶上避避雨，却迈不动步，就看着他们三个。搂着那个"女孩儿"的已换成了短寸男人，而"女孩儿"也早已摘下了在黑暗中成了无用装饰的墨镜，暴露了自己已不年轻的年龄。岁月的修饰加速着她脸的酿造，当她再和那个依傍过她的男孩站在一起时，她的脸就只剩了精心保养的疲惫。一对关系奇异的母子，被过分宠溺的男孩，生意场上的父亲，此刻也许正在冰冻的头脑中快速地掂量自己的处境吧。

黄玲向我招手了？我想起刚才的画面，就往车子走去。经过老许身边，我起了一点儿想为他打伞的念头，但脚下没有停顿，纵身上了车。

王秀霞已经停止吸氧，吕彪扔上来的纸板就堆在过道里，如同烂泥。她正像制作标本一样，用吸水纸尽力干燥冥币，再把它们压压整齐，垒成砖形，一转手熟练地塞在了座位底下。黄玲在车厢后部、我坐的位置附近举手轰着什么蝇虫。副座上局长的背影仍然伸出了影子似的手臂，指头抓在把手上，像一个无人理会的毒誓。

黄玲看到我，有些奇怪，"怎么还不去捡纸钱啊？以后的路要用的！"

"小王，还记得吗，我们在雨中超车出了车祸……"老许隔着车窗，嘴唇一开一合，我却分明听懂了他说的话。

火车上奇怪的炙烤、新闻里挺起的尸身、长久的雨水……原来我竟早已被火化、被撒了亲人的眼泪和祭奠的纸钱吗？"你早就知道？……"我吞下了后面的话：可一路上你们谈的都是活人的事情，心心念念的都是生，又怎么可能真的明白自己此时在哪儿？在干什么？就算今天捡了这些活人给我们烧来的纸钱，又怎么知道它在前面的路上一定用得上？

我心下已经凄然。下了车，走到车厢后盖处，滴落下来的雨汤砸在水地里的几张冥钞上，从纸中挖出了窟窿。

在膝前，是我敞开的行李箱。我翻出夹层里的手机，界面中输入的信息内容还是"我和老许在一起了，放心"。看到它，我不死心，又按了发送键。久久没有信息发送成功的报告。

人面鱼

沿着索恩河岸一路走，会走到一个湖畔公园。这个公园的面积呢，大概可以和北京的颐和园相比，但也许并没有那么大，只是因为印象太深——又或者随着时间的流逝，印象开始变得模糊，现在回忆起来，难免无形中扩大了它的实际区域。

我们到这个公园的目的，主要是看船。夜游船。

不知是谁的主意，那艘船完全按照中国古代船舫的式样打造——黄顶子、红立柱、漆围栏——远看像是水中停泊的一座阁楼。船艏和船艉处装饰着华丽的宫灯，烛照出缎子般的湖面。算起来，到里昂短短的一周内，我们已经来坐过三四次了。之所以不能准确记清次数，是因为当时并没有特别想弄清楚自己在里昂到底都做了什么。因为本来就是散漫的游览，也没有记日记的习惯，身处异乡，常常生出恍惚的心境，回想起来，竟不知道究竟都去了哪些地方，干了什么事情。

我自然是陪着我的儿子，他上小学三年级了，当时大概是五月中旬，国内的学期还未结束，远没有到放假的时候，不过带着孩子在学期里错峰出游已经成了我的习惯。相比孩子妈以及我自己父母的反对，岳父岳母那边倒是很支持，甚至好心地允诺给我们一笔"赞助"，说是别让孩子在外面受罪了。所以并非力排众议（这其中的孤独）带着孩子出国游览惹人伤感，反倒是老人们对孙辈的这种近乎溺爱的心情令人不忍，好像是略带欺骗地从他们心头带走了最珍贵的东西一样。哦对，竟然忘记了最大的反对力量是来自学校。因为这种教学上的"异议"——当然大多数老师都反对长时间的请假，况且我们出国既非参加比赛，也非探亲访友，很难说明理由，几乎纯粹是随意的游玩——没办法，我只好自作主张为孩子转了几次学，终于换到一所在教学上没有那么严格（死板）的学校。为了这事儿，孩子妈几乎和我闹翻了。

恐怕直到现在，她心中也留有难以抹去的芥蒂吧。

和我们一同到达里昂的，还有另一位同伴：任璞。说起来，也正是由于任璞，我们才会选择里昂作为我们此次出行的目的地。跟我们不同，任璞来里昂，有着极为正式的理由，就是作为中国大陆唯一的兽医代表，参加名为"赛鸽兽医大会"的学术会议，颇有点儿为了国人争口气的意思。不过在我看来，任璞这些年的发展是在口若悬河和正儿八经之间找到了某种奇怪的平衡。我对他的见解无法全然认同，只是由于嘴上没有他那样滔滔不绝的功夫，也缺少如他一般丰富而精彩的经历，所以大多数时候只是沉默地倾听着，好在任璞也不以为意。我的儿子对任璞讲述的故事充满了信任，诸如在四平米的小屋里睡着了差点儿被秃鹫啄了眼珠的故事，足够让他目不转睛、崇拜地看着面前这位粗糙的大汉了。

看得出来，任璞挺喜欢小孩子。他自己在野外工作多年，打交道的都是不会说话的动物，似乎受到了这工作的影响，他的婚姻也一直没有着落。任璞家里世代从医，渊源很深，医术可说是响当当的，但家中从事兽医这一行的只有他一个。任璞多年救助的野生动物以猛禽为主，至于为何要参加这个"赛鸽兽医大会"，就不是我所能了解的了。非要细想的话，赛鸽手术要比救治猛禽更能成为糊口的手段。

和任璞同行的最大好处，是帮我们解决了语言问题，甚至连住宿、部分行程安排，我们也都仰仗了任璞，省去了提前查阅、统筹的麻烦。而索恩河畔的那个公园，自然也是任璞推荐我们去的。

按照任璞提供的路线，我们很容易找到了这个公园。公园里有个比较大的动物园，还有个展览植物的玫瑰圃，都是我们游览的重点。孩子本就对动植物兴致极高（不用担心他会看烦），又赶上是游人稀少的工作日（但即便是在周末，这样一个偌大的公园也会将游人立刻分散在景色里吧），安逸的氛围怎么享受都不过分。所谓的计划本来也就没有，我跟孩子在公园里东游西逛，走累了索性就在草坪里一坐，也不会有工作人员来轰我们。

孩子在公园里见了哪些兽类、哪些禽鸟，我们不光拍照，还尽可能做了记录。受到我的影响，孩子从一年前开始记录他看到过的物种。因为鸟类还算容易观察（兽类很难见到；植物、昆虫则数量庞大，细节难以记认），短短一年多时间，也有三百多种鸟被记录在案了。儿子俨然成了鸟类专家，有些我辨认不清的鸟种，他都能说得头头是道。我现在已弄不清，观察自然究竟是我本来的兴趣，还是为了配合孩子才勉强装作有兴趣。

事实上，我跟这孩子的交流谈不上充分，充其量只能做到：判断他什么时候是真的累了，要喝水了，需要休息、补充体力。除非是看到了什么物种又确定不下名称，我们一起翻翻图鉴、查找特征，这才有了一两句言语上的往来。至少从这一点看来，这孩子寡言的性格颇有几分像我。但也许只是跟我在一起相处时，他才特别地表现出这一点，当他和妈妈在一起，也能变得外向，甚至顽皮、话多。仔细想来，他最像我的大概正是他说话的时候，几乎从来不看着对方的眼睛。跟比他高的大人说话他就稍微仰一点儿头，但眼睛看着的是对方的胸口；跟与他同龄的伙伴交流，他就目光向下，也是看着人家的胸口说话。他乐起来的时候（说话的当间），特别天真无邪，但又有一点无所顾忌，好像只是被他自己说的话逗乐了，甚至笑的前后，跟对方也没有目光上的接触。

看着这孩子的时候，我就想，我绝对绝对不要失去他……

那晚到了黄昏的时候，湖面上一片金黄，我跟孩子完全走不动了，几乎是瘫倒在公园的座椅上，此时我们带的食物也全吃光了。夜里的里昂飘起了凉意，我脱下外套给孩子披上，想着再歇上个十来分钟，如果他走不动的话，我就背他回去。

这时候我看见湖面上不知几时横过来一条船，似乎是从湖中心的小岛背后绕出来的，出现得有几分突然，像是一道幻影。不过很快就能发觉船在快速做着位移，而前进的方向，正是我们这边的湖岸。

我捅了捅小孩儿的身体，随后指着湖里面的大家伙说："有森，船来了，那儿有条大船，你快看看？"

裹在我外套里打瞌睡的小孩儿用手背揉着眼睛，另一只手就举起了挂在胸前的望远镜，放在眯着的眼前，不情愿地看着。

"看不清啊，爸。"

"把望远镜摘下来，我来看。"我已经等不及把手递在他跟前了。真希望是艘摆渡船啊。

有森把望远镜挺费劲地从脖子上摘下来。不知为什么，我当时竟会觉得望远镜的分量很沉，他一只手恐怕拿不住，可看他瞌睡的样子又实在不忍心再"教训"他好好拿给我，遂一声不吭地、几乎是很不客气地从他手里把望远镜夺了过来。

镜头中的视野在我眼前明晰起来，做梦似的，我发现那是一艘中国游船，黄顶子、红立柱、漆围栏——只是没有桨，大概是靠电力驱动。船头处隐隐约约像是有方向盘的样子，更远的地方就看不清了。船上还挂着红灯笼吧，可是并没有点亮，在模糊的光线中晕成了不太明朗的暗褐色。

"儿子，醒醒，这要是渡船的话，你就问问能不能直接把我们送到湖对岸。"我自己的外语不过关，这几天有森跟任璞多少学了几句外国话，英语总是没问题的吧。我这样想着，一边还是寻思着"摆渡船"在法语里到底应该怎么说。

好像是这种急切地想乘船的想法得到了回应，眼看着刚才还影影绰绰的一艘游船越发地清晰起来，从黑暗中拖出一具再真实不过的外形，就要靠岸了。更令人惊奇的是，船上站着的一位穿制服、像是工作人员的小伙子，长了一副标准的亚洲面孔，说不定就是位中国人呢。

我冲他打了下招呼："您好？"

"您好啊。"

我都有点不敢相信自己的耳朵。

"您好！"我上前一步，船身在湖水的波动中轻轻碰触着湖岸。

"您是要乘船吗？"

"是……"我的语气忽然变得有些犹豫，"这是摆渡船吗？"

"是啊。"小伙子挺爽朗地说。我一时听不出他的口音，大概是江南一带的人？很难判断。

"可以送我们到湖对岸吗？"

"可以的。就您吗？"他看了看我身后座椅上昏昏欲睡的孩子。

"不，不，还有我儿子。"

他点点头，"那快上来吧，送完这一趟我们就要收工了。"

"啊，好好。"我忙转身，回去叫醒儿子。这回见到船真在眼前了，小孩子总算有了点儿精神，摇摇晃晃地上了船。

没想到竟赶上了末班渡船，此时船上除去小伙子和开船的船工，就只有我们两个游客。也许是之前并没有沿着湖岸走的缘故，始终没看见湖中有渡船啊。我转头问站立的小伙子："您是，在这里工作？"

"是啊。您来里昂玩的？"

"对。"我挺好奇他怎么会在这个公园里的渡船上工作，而且，这公园里又怎么会有艘中国式的渡船？"这船，你知道是怎么回事吗？"

"什么？"他终于在我旁边的座椅上坐下来。船的行进很安静，虽然能听到低低的马达声，但因着水声的灵动，马达声很快就被融进背景中了。我们像是坐在一艘有人撑篙的木船上。

"我是问，这里怎么会有艘中国式的，游船的？"

"哦，又是这个问题。"

"以前也有人问过你？"

"外国人倒很少有人问，大多都是中国游客问。好像这里有艘中国船多不正常似的。"

"我不是这个意思……"

小伙子看了看我，又扭过头去，说："据我所知，好像就是公园的管理者对中国的东西很有好感，才引进了这个游船项目。他们本地人对这种游船还挺喜欢的。"

那你是怎么到了这个公园里工作的呢？是在里昂念书的大学生？你老家是在哪里？父母在国内还是国外？你结婚了吗？我掂量着这些话，同时打量着小伙子的长相（这人脸上蓄着引人注目的络腮胡茬），他戴着个红色的鸭舌帽，身上的制服也是红色的，背后有公园名称的缩写：J.D.。

不知不觉间，船已经来到了湖心岛的附近，黑乎乎的树影遮蔽了岛上的建筑。

小伙子忽然转过头来，眼睛看着我身边的孩子，面无表情地说："这岛的附近可以看到人面鱼，船上有鱼食卖的，可以让你孩子看看。"

"是吗？人面鱼？"我还是头一次听说有这么种鱼。看着孩子昏睡的样子，我有点儿迟疑，但同时又不好意思对小伙子的建议无动于衷，只好赶紧找补了句话敷衍他："天色这么黑恐怕很难看见吧。"

"哦，如果想看的话，我可以让师傅把船上的灯笼打开。"

除了刚上船的时候短暂留意过那名掌握着方向盘（我不想把它称为舵，那的确像是直接从汽车上卸下来的方向盘）的船工，我自始至终没再注意过他。经小伙子这么一提醒，我才又看了看开船的工人，他戴了顶白色的渔夫帽，看不出是中国人还是外国人。

最终我还是放弃了，"还是不麻烦了吧。"我一边看着船头处两只飘摇的纸灯笼，一边想着船能否再开快一点儿，尽快把我们渡到对岸去。

"中国人就是这样，心里明明想要，嘴上偏说着不想。既然不想看，就算了。"小伙子冲着空气摆摆手，好像是他主动拒绝了我的要求似的。我也没力气对小伙子的刻薄言辞反驳什么，既然身在人家的船上，当然最好是对其听之任之了。此时我相信，我们肯定是公园中仅剩的两名游客了，在这漆黑一片，不时传出难以名状的动物叫声的湖中央。

直到下了船，我的心情才稍微放松下来。放下我们后，船又沿着湖岸继续开走了，原来这里并不是游船停靠的终点。那么码头是在哪里呢？我不禁又对这艘游船生出点儿好奇，好像担忧它会凭空消失在视野中一样，一直盯着它缓慢地移动，直到消失在一丛丛树影深处，那里大概是另一片水域了。

回到宾馆已经将近晚上十一点了。孩子没有洗澡就直接扑倒在床上睡去了。我们的隔壁就是任璞的房间，我相信他还在房间里继晷焚膏地整理着他的学术资料，虽然我挺想问问他是否知道湖里有艘中国游船的事儿，最终还是作罢了。

第二天一早，有任璞针对普通听众做的一个报告。我让有森去听了。我自己则一个人待在房间里，回想着昨天晚间的"奇遇"。那艘船竟对我构成莫名的吸引，我想弄清楚，它一天有几班，码头在哪里。因为不通外文的关系，虽然能在网页上找到关于这个公园的链接，但详细的介绍我根本无力看懂；尝试着搜了搜这个公园在网上的图片，也是毫无线索。虽然搜索未果，倒的确帮我打发了不少时间。邮箱里有孩子妈发过来的邮件，大致是问问这几天的行程，孩子的情况，我从手机里拷了几张儿子在公园里的照片发了过去。

快到中午的时候，儿子回来了。任璞邀请我俩一起去吃午饭，这我当然不会拒绝。吃饭的地方就在住处附近的一条街上，好像还是他专门为了孩子的口味挑选的。

餐馆的名字翻译成中文大概是叫"明珠小馆"。餐馆里的服务生有亚洲人也有欧洲人，环境还算安静整洁。一顿饭将尽的时候我才明白任璞为什么特意选择这里当作我们午饭的地点。原来小馆里除了正餐，还售卖各种法国特色甜点，像什么浓浆巧克力蛋糕、轻乳酪蛋糕、海绵蛋糕、国王饼之类，正中孩子的胃口。我们不得不打包了一些，有森亲自提着这些甜点往住处走。

下午的计划是带有森去看圣母教堂。在房间里休息的时候，我问他上午任璞都讲了什么。他说任叔叔又讲了在救护站里差点被秃鹫啄出眼珠的事儿。

"嗯？那是怎么回事？"虽然已经听任璞讲了很多遍，可我还是想听听从有森嘴里讲出来是什么样。

"爸爸，你不是知道这事儿吗？"

"我想听你讲讲。"

"嗯。好。任叔叔说他有一回在猛禽救助站里，那个房子只有这么……"有森用手含混比画了下，"这么大。"

"四平米。"

"对！"小家伙睁大眼睛，又张开两手比画了一次，好像那房子只有他身体那么大，"就这么大……然后，叔叔在给一只秃鹫查完血色素之后，就趴在显微镜上观察，然后，"他想了想，"他忘了把关秃鹫的笼子给关上，就在显微镜前睡着了。"

"然后呢？"

"然后……"有森盯着我的胸口说，"第二天叔叔一醒过来，发现自己躺在地上，这时候那只秃鹫就站在他的胸口上，然后秃鹫的两个翅膀'砰'的一声，特别大的一声！"有森做了个爆炸的手势，两手向外一扩，"打在屋子的墙上，把叔叔一下子给震醒了。"

我忙着点头。

"那只秃鹫的脑袋就这样，"有森学着秃鹫的模样，脑袋上下摇动着，这是秃鹫在丈量猎物距离时的标准动作，"叔叔赶紧用手一挡眼睛，另一只手一扒拉秃鹫的身体，"有森模仿着任璞的动作，左手捂在眼睛上，右手试图推开身前的空气，"要是晚一点儿的话，秃鹫的下一件事就是吃早饭啦。"说完有森自己就咯咯地乐起来，眼睛始终盯着我的胸口。

"不错。"我摸摸孩子的头顶，"还讲什么了？"

"还讲了他给红隼做手术的事儿。"

"什么事儿？"这我倒没听任璞讲起过，不过我忽然想起另一个问题，"这次任叔叔演讲的题目到底是什么？"

"猛禽救助。"小家伙忽然抬眼望了下我，又把目光挪到我胸口上。

"那他怎么给红隼做手术的？"

"任叔叔说一般的兽医遇到猛禽骨折的情况，就放弃治疗了，实施……什么死。"

"安乐死。"我说。

"哦，然后任叔叔认为这不对，他就讲他曾经给一只红隼做过手术，手术完成后，那只红隼的脚就这样，"他把自己的两只手比作红隼的脚，左手的指尖冲着右手，就是说红隼的一只爪子在手术后翻转了九十度，垂直于另一只爪子的朝向，形成了一个L形，"但这只隼后来抓猎物照样很棒。所以叔叔不认为中国的兽医比国外的差。"

"但外国人说任叔叔是拿动物做实验。"有森说。

正说着，有人来敲门了，虚掩着的门开了一个缝。

我有点儿迟疑是要说中文还是英文……最后还是说了"请进"。

是任璞。

有森回到桌前去玩电脑了。任璞坐在我对面的床上，手里拿着一本，线装书？

"你看看这个。"任璞把书递到我面前。

封面上是四个手写的汉字：石堂食经。

"这什么书？"书的封皮严重受潮发霉了，内页倒还清爽。我翻了翻，除了封面上的四个汉字还敢认以外，内文中的字既像汉字又不像，也是手写，直排，有些页上还钤盖着大大小小的朱文印章。然而最奇特的，是文字之间插入的人体图形，模样都仿照针灸铜人：有张插图画的是背身跪着的小人，后背上开了个天窗似的，向外侧拉起一块方形的皮肤；有的单独画着一颗脏器的剖面，当中交叉着条条血管；还有的画了一条胳臂，也被掀开表皮，裸露出肌纤维的走向和纹理。"看着像本医学笔记啊。你从哪儿弄来的？"

任璞边看我乱翻着书页，边习惯性地像患了鼻塞那样"哼哼"喷着鼻子，说："会上一个外国专家拿给我看的。哼。也不知道丫从哪儿收来的，哼，我一看也觉得是个什么笔记之类的，可是也说不准。哼。那家伙就是想让我看看这书里写的是不是中国字。谁让这会上就我一个中国兽医呢。"

我看看任璞，把书递还给他。他接过书，一页页地又翻起来。有森回头看了一下我们正讨论的东西，不过还是电脑更吸引他。

"还是不对。哼。但肯定不是韩文。也不像日文呐。真他妈的怪了。我昨儿上网搜了下，哼，也没听说有什么'石堂食经'的玩意儿。"

我有点儿对那书失去了兴趣，而且即便真是本医学书的话，想来与我也没什么关系，倒是对了任璞的胃口，究竟是什么书，还是让感兴趣的人想去吧。

"你说这会不会是本教人怎么吃人的书？"

"你说啥？"

"吃人。你看这书名，食经，里边又是些个人体器官之类的玩意儿，解剖图，他妈的不会是本儿食人教材吧！"任璞一惊一乍的。我有点儿烦了，我不希望别人老在我孩子跟前说脏字。

"你瞧瞧。"任璞把书在手里反复把玩着。

从这个角度看的话，书的包角泛着青灰色，穿线所用材料是麻线吗，但也可能是人的肉筋，而书皮当然更可能是人皮吧，但难道这不意味着怎么想都可以么。

有森凑过来了。

"森森，你看，这可是本吃人的书呐。"任璞手里拿着书，勾着小孩儿的视线来回移动。

我把有森搂过来，"你准备怎么着？是不是要把这书切下来。"

"切？嗯……这书反正是有点儿意思，切不切的，哼，书的照片我都翻拍下来了，等回国再问问几个朋友。"

"你又想看谁不顺眼，往谁茶壶里扔两个钉螺么？"我捂了下孩子的眼睛。他在怀里动着，想凑近看看那书。

"你怎么提这个？哪儿跟哪儿啊？"任璞脸上立刻挂了相。

"我也不想提。"

"算了。"任璞把书往腋下一夹，起身走了。有森还没明白怎么回事，"叔叔怎么走了？"

如果不是为了孩子，我还会跟任璞联系吗？

刚认识任璞的时候，他就老说那种话，谁虐待动物了，就往谁茶壶里扔两个钉螺，害人得寄生虫病。他可以为救一只秃鹫差点变成瞎子，也可以因为谁妨碍了他而置人于"死地"。他不是那种过过嘴瘾的人。

有一年在达里诺尔湖，任璞和我还有几个朋友去拍摄天鹅。清晨的湖面上起了水雾，远处站着几千只天鹅，伸起的脖子宛如一片雾中的树林。

还没按下快门，不知哪里冒出来的一个家伙，凑近了天鹅群，一下子把天鹅给惊飞了。几秒钟之前还仿佛永恒的构图一下子成了拆碎的拼图，乱了整个天际。任璞震怒，开始追逐那个倒霉的家伙，同行的伙伴里还有几个健壮的，也跟了上去，远景里发生的暴力看上去软绵绵的，像慢动作。

我想起有人质疑任璞给动物做的手术，认为他是在拿动物做实验。表面是救助，暗地里却是夺来了免费的实验材料……这听上去似乎不无道理，说不定他就是会做这种事。

真正导致我跟任璞有了隔阂的是另一件事儿。

说起来又远了。

那一次是在四川的小寨子沟。我们进山已经十三天了，全部补给用完，却还没找到出山的路。大家都有些撮火，但除了保存体力，也没有更好的办法。

任璞作为队伍中野外经验最丰富的人，有时候给人一种傲慢的感觉。接触多了，我只觉得他是嘴比心快的人，并没太在意。但也许，他心思的细腻超出了我的想象。因为任璞不爱干体力活，当大家埋头扎帐篷、生火做饭，无暇旁顾之时，他总是在一边看着，火生起来却又要第一个热他的饭盒。同队中的一个人一边跟我干活一边说了一句："他怎么就瞪眼干看着？"这话想必是被任璞听到了，他就站在我们侧后。我摇摇头，说："别管他。"

后来我们终于等来进山的老乡，除了任璞，几个人都忙着拆除帐篷、灭掉篝火痕迹。正待要走，一块山石落到我头上，砸出了不大不小的口子。暗自思忖，石块冲击的力度和角度怎么也不像是从山崖上自然脱落的……真要是被落石砸到，恐怕早已脑浆迸裂。当时只有任璞的位置能看到事情的经过，如果有滚石，他也该喊一声，让大家躲避。

每次进山，我们都会制订一份详尽的计划书，包括各种紧急预案以防不测。其中最关键的一条原则，本来也是心照不宣的成规，即：进山的队员之间最好长期搭档，知根知底，这样在突发情况下，来自人际关系的威胁才能降到最低。如今看来，人心的复杂微妙，即使形成固定的文字，也有它难以预料的一面。后来我几乎是强迫自己又跟随任璞参加了几次野外调查，却始终没恢复初次见到任璞时对他的印象，也无法说服自己当他走在前面时，我心中不起恶念。当他再说出什么往人喝的水里扔钉螺之类谋害人的话来，我就会想起那段被山石砸伤的经历。因为无法忍受这种报复心的折磨，我渐渐疏远了和任璞之间的关系。直到这次，因为得知了任璞出国开会的消息，想借机为儿子安排一次出国旅行，才又恢复了与他中断近十年的联系。

记得这次在跟任璞见面前，我还特意找出一段录像放给儿子看。那是我第一次见到任璞，在一个野外安全培训的讲座上，任璞作为一个年轻有为的野外调查工作者，讲述了他遇到的一次危险经历：在美国肯塔基州，他们遇上了迁徙的蝴蝶。

"看，这就是任璞叔叔。"我指着电脑的显示屏，一段剧烈摇晃的影像。

画面中正在奔跑的任璞（他几乎没怎么变样儿）不时半侧着身，向摄像镜头招呼着一些破碎的句子，打着急促的手势。音箱中传出一阵刺耳的噪音。只见他飞快地钻回了停在路边的越野车内。之后的时间里，镜头摇摆不定地对着快速移动的地面（伴随着人的喘息声），视线进入车内，车门的关闭声，画面停止跳动（摄像机应该是被随手搁在了座位上）。随着一阵混乱的不像是出自人声的喊叫，镜头又一次剧烈晃动，光线陡然增强，画面对准了一侧的车窗，车窗外涌动着不知从哪里飞来的一大群蝴蝶，正在玻璃表面密密麻麻地爬动，一层接一层地覆盖……视频中的光线一下暗了下来。

我坐在儿子身后，他看得一声不吭。小手放在鼠标键上动也没动一下。

接下来的镜头只持续了几秒。在车内的微光下，一只向前伸出的手臂拨动了雨刷器的开关，前挡风玻璃上，大量的蝴蝶被扫落成碎片，车窗上瞬间像街头涂鸦一样流淌起一道道黏稠的液体。视频中止。

"哇……"儿子张大了嘴，"爸爸，这是什么呀？"

"这是我第一次见到任璞叔叔，他给我们讲课时放的录像。这是在美国一个叫肯塔基州的地方，在一条公路上，他们原本是要下车去看一种蝴蝶，但不知为什么，这群蝴蝶忽然把他们的车包围了，好像是在攻击他们。"

"这种蝴蝶叫什么名字啊？"

"我忘记了。"我摸摸孩子的头。他询问我能否再看一遍这录像，我同意了。

那些被雨刷器扫落了的蝴蝶，大概是在抗争着什么吧。如果只有被大头针钉住才能获得永恒的色彩（这挺符合任璞的想法），那么在被捕捉之前就主动捣毁自己的身体，又算是什么呢。

带孩子参观完教堂的当晚，我又一个人去了湖畔公园，我还想再看到那个中国小伙子吗（考虑到他上回言辞里的激烈）？这一回我是在上次下船的地方等待着，准备坐船去对面的玫瑰圃。

一耸一耸的水声愈来愈听得近了，游船眼瞅着就要靠岸了。

也许是时间尚早，这一次船艏和船艉处的灯笼都亮着，装点出游乐的氛围，就像是一个最普通的假日。

"您好……"

"嗨！是您啊！您又来坐船啦。"

还是那位，操着不知什么地方口音的普通话，头上戴着红帽子，红制服，一脸青色的络腮胡茬。

我们的外国话引来船上游人的观看，有两个金发碧眼的小孩子更是好奇，一个劲儿回头看我们。我冲其中一个挤挤眼睛。

游船是免费乘坐的，像个老朋友那样打完招呼后，我和小伙子之间一时也没有更进一步的交流（他没准想起了我们昨晚的对话），他示意我往前找个位子坐下，船马上就要开动了。

船板踩上去软软的，在灯笼的映照下，反射出清漆的光泽。

开船的人似乎换了，此时坐在方向盘前的船工并没有戴着渔夫帽子，但由于看不到正脸，我没法确认。船往前开了一阵后，就不再能听清发动机的转声，船似乎是靠了熄火后的惯性在湖面上漂动。这倒是贴合人们游览中的心情，渡到对岸并不是船上游人的目的，相反，如果能在湖心多停留一会儿，会增添更多的乐趣。

看到湖心岛的时候，我忽然想起小伙子讲过的人面鱼的事儿。我扭头招呼了下他，"有人面鱼吗？今天。"

小伙子扶了下帽子，"哦，有的有的，就快到了，您仔细看看。"说完他用手为我指出斜前方船舷外黑油油的水面。

我把注意力转向坐在前头的几个游客，那两个小孩子还像刚才一样并排坐在一起，坐在外侧的那个把手伸到了船体的外侧，也许是在划水呢。

他们也在等着看人面鱼吗？偶尔能听到从前方漏过来的几句交谈，他们是在谈论什么呢。

我招招手，再次把小伙子叫过来。

"你能翻译么？"我问。

"什么？翻译？"

"前边小孩子说的话，我想听听他们在说什么。他们也要看人面鱼吗？"

"人面鱼？应该会看吧，如果是本地人的话，都知道这里有鱼啊。你干吗要听人家说话？这不太好吧。"

"你坐下，坐下说。"没想到小伙子并不情愿做我的翻译，这让我有点儿准备不足。

这时候前面坐在外侧的金发小孩忽然把身体一挣，半个身子探出船外，狠狠地向水中捞了一把。

坐在后面的大人吓坏了，一双迟慢的大手上前死命攥住了小孩的腰部，同时口中大声嚷着什么。

我先已经被小孩儿的动作惊得张开了口，这时大人的怒声咆哮更是在湖面上引爆了一枚"炸弹"。小孩儿哇的一声哭出来，声音之大，给人感觉爆炸的余波正在辐射向整个湖面。

"这是怎么回事？那小孩儿要干吗？他们在说什么？"我使劲扒拉着小伙子的胳臂，不过他已经顾不上我了，忙起身赶往前排，蹲在痛哭流涕的小孩儿面前，试图安抚孩子的情绪。

"爸爸，它会被我们的船轧到的。"我忽然听到有个中国小孩儿在说话。

原来被前边的游客挡着，就在握着方向盘的船工旁边，还坐着一位家长和他的孩子。黑头发的小女孩用手指着一个莫名的方向，说不清她的话音里是天真多一点儿，还是不安多一些。

我好像从对外语的绝望中一下子被解救了出来。面前的孩子还在哭闹着，我只好起身往前，坐到最靠近那个中国孩子的一个座位上。顺着她刚才手指的方向，我用尽了耐心寻找着鱼的踪影，当然还是什么也没有。

"爸爸，你看那是船么？"这回，顺着她手指的方位，一艘粉嫩的小纸船轻轻摇摇地漂上来了。

那的确是一只粉纸船，但除了灯笼照亮的一抹飘摇的水面，余下的广大湖面黑得像墨，哪里又有什么人面鱼呢？

就在这个时候，小纸船在水中动了。

可怜的纸船眨眼间就被啄烂了，四分五裂地平摊在湖面上。纸船的尸体周围还泛起了一层浮沫。

因为注意力全在人面鱼上，好像有一会儿没听到后面孩子和大人的动静了。但我只是死心盯着水面，并不想回头去看后面的情况，甚至于那位小伙子此时身在何处，我也丝毫不再关心。似乎是一种很凶险的鱼呢。难道是被这纸船吸引来的吗？但又是谁放出的纸船呢？

远远的似乎又有什么漂过来了。这恐怕根本不是什么人面鱼，而就是那种被称为食人鱼的东西吧。这样凶险的物种，怎么会养在一个公园的湖中呢。

有人从背后敲敲我的肩膀。

小伙子手里竟然多了一条竹篙，他用竹篙的竿头挑着什么东西让我看。船上的游客也都在围观竹篙上奇怪的物件。

"这是什么？"我的惊讶已经快变成惊吓了。

"刚挑起来的，连湖里边的鱼也不吃呢。你到后面来，我跟你说。"小伙子挑着竹篙就往后面走。

游客们面面相觑，不知道发生了什么。不过眼看着船的动力加大了，正在加速离开湖心，水面上的动静又让船板上的疑问恢复了平静。

"是只刺猬。"小伙子坐在后面，指着船板上湿漉漉的一团东西。

"刺猬？怎么会到水里去的？"我坐下来，脚尖正对着刺猬的尸体。

"刺猬皮。"小伙子动了下竹篙，把"刺猬"翻了个身。

空空的，是张尸皮。

"这儿怎么会有这个？"

"人吃的。你看见那个岛上的房屋没有。那里有人的，他们老吃这玩意儿，我老家也有人吃刺猬。"

岛上混沌一片，什么也看不真切。但我确实记得昨天看到过那里有什么建筑。

"你老家是哪里？"

他没回答，却反问道："你知道怎么吃刺猬不？"

我摇了摇头，不太想知道。

"他们会把刺猬剥皮，不过我也没看到过，只是吃到过刺猬肉。"

"剥皮？"

"在脑门这儿，划个十字形的口子，刺猬会受不了疼痛，自己从自己的皮里走出来。"

"怎么会？！"

"会的。"小伙子看着我说。

一种来自暴力的可怕征象似乎包围着我。我想到有森还在宾馆里，也许正和任璞在一起。任璞会给他看那本叫作《石堂食经》的书……

我掏出手机，给任璞拨了电话。

"任璞？我儿子在你那儿吗？"

"在呀。"任璞在电话里说。

"在你房间里?"

"是在我房间里啊。怎么了?"

"他在做什么?!"我感到正在失去对自己嗓音的控制。

"在玩电脑啊。怎么了?你在哪儿呢?"

"啊……我,我……我还在外面……"

"在外面?里昂的夜色很让人留恋吧。呵呵。"任璞坏笑了两声。

"你现在方便出来吗?"

"啊?"

"我就在你跟我们说的那个公园里,在渡船上。你知道这儿有艘中国渡船吗?"

"什么?中国渡船?从没听说过啊?"

"那你现在能不能过来,"我灵机一动,"我好像知道那本《石堂食经》是怎么回事了。"

"过来?来哪儿?"

"公园!我在那个公园里!你现在出来,还能赶上末班渡船……这儿有人知道《石堂食经》是怎么回事!"我嚷了起来。船上的游客都在看我了。小伙子按住我肩膀,同时把手指堵在嘴唇上吹气,一个劲儿皱眉。

"你在搞什么?"任璞的声音也大起来了。

"拜托,你出来一趟,我就在船上等你……你把有森锁在屋里,说咱们一会儿就回去。到时间他自己会睡的。"我的语气忽然平静下来。

"最晚一班渡船是到几点？"挂断电话，我抬起头问一旁的小伙子。

"十点半。"

还有半个多小时，时间应该足够了。我只盼着任璞能早点儿来。"我能在这船上一直坐到末班吗？"

小伙子歪着嘴耸耸肩，"可以。"

"好。"仔细盘算一番后，我又发了条短信给任璞，告诉他从玫瑰圃那里上船。

转眼间，船上只剩下我一个游客了。船艏和船艉的宫灯，烛照出缎子般摇晃的水面。我看到开船的船工伸手按动了某个按钮，灯笼里的小电灯熄灭了。

"再等等吧。就一分钟。"我央求着小伙子。船已经停靠在玫瑰圃这边，马上就要开回码头了。

"你这个朋友明天也可以来坐游船啊！"

"是，是，是。但是刚才打电话，他马上就要来了啊。他……"正辩解得口焦舌燥，一个人影儿从湖岸一侧摸了上来。

"他来了。"看了眼小伙子，我迎上前去，认清了是任璞，这才放下悬着的一颗心。

"你怎么才来？"

"够怪的啊，还真有艘中国船啊。"任璞上了船，也不理我，自顾自地打量着船上的装饰。我跟在任璞后面，小心地走着。

船刚开动时，几乎是向前蹿了一下，行进的速度也越来越快，没有那么稳了。

"这船是怎么回事？"任璞站在船头，风好像绕过他的身体，吹打在我身上。

"你别管船了。我知道《石堂食经》是怎么回事了。"

"别逗了。你怎么可能知道……"

"这湖里有种鱼，你知道吗？"

"不知道。什么鱼？"

"一种叫人面鱼的鱼。"

"人面鱼？没听说过。"任璞斜下眼睛看看我。我看着前方愈来愈靠近的湖心岛。

"依我看就是食人鱼。"

"食人鱼？别开玩笑了。"任璞"哼哼"了两声。

"我觉得你那书，多多少少和那鱼有点儿关系……"

"你胡说什么啊！"

快到湖心岛了，那种鱼还会出现吗？我得让任璞看点儿东西才行。

"总之有关系。我给你看样儿东西，你就明白了。"

我拽了任璞一把。他跟我来到船艉。小伙子两手环住前排的座位，将脸埋在肘窝里，也不知是否睡着了。

我用脚尖从座位底下钩出了那张刺猬皮。

"这什么？"任璞问。

我看看小伙子的红帽子，他没动。

"你知道你那本《石堂食经》，为什么只有封皮受潮，内页却很干净吗？"

"你到底想说什么？"

"这湖里，一定有什么冤死的鬼魂，他们生前被人剥了皮，有苦说不出，只好变化成食人鱼的模样，在这个湖里作恶，遇到什么掉在水里的东西，他们就把这个倒霉的东西给生吞活剥了，吃完之后只留下一副皮囊……"我越说越激动，"不信你就看看这张刺猬皮！"

其实任璞已经蹲在那里翻看着刺猬皮了。他回过头说了一句："我看你是疯了。"

我也蹲下身去，"那种鱼，因为不甘心这种命运，就把他们生前是如何被人剥了皮的事儿，用鱼嘴一下下地在猎物的皮上啄出来，就变成了那种奇怪的文字。他们还用湖中的水草，把皮肉做的册页穿起来……但恰恰只有这本书的书皮，是鱼皮做的，所以整本书掉在水里，即使书皮湿了，书的内文也不会湿……"

任璞想站起来，我伸手压住他的肩膀，只要等那种鱼出现，我就可以推他下水了……

没想到的是，船这次几乎是飞快地擦过了湖心岛，没做停留。

任璞一用劲儿，轻松站了起来。"你是不是出现幻觉了？"

筋疲力尽地回到宾馆后，我就下定了"不告而别"的决心。第二天一早我退掉了任璞帮我们订的房间，硬着头皮另外找了个住处。失去了"向导"，剩下的几天我和儿子有点儿寸步难行，只好继续着魔般的在那个公园里消磨时间。

"有森，我们再坐一次渡船好不好？"小孩儿弄不明白我们怎么就不跟任璞叔叔在一起住了。公园虽大，但来了几次之后，这里的边边角角也就被我们转遍了。逐渐失去好奇的有森，开始觉得乏味了。

"好。"

我拉着没精打采的有森上了游船。

还是那位小伙子，至少在我们来的这几天里，都是他当班。因为游船总是在晚上才开放，这样的工作量对他来说似乎也不大。

可是我始终没弄清楚人面鱼究竟是种什么生物。灯笼能够照亮的范围十分有限，那些凶悍的鱼类也不会离船体很近，即使伸手下去，也够不到它们。但说它是食人鱼，也没有多少根据。

"这人面鱼究竟是种什么鱼呢？"我问小伙子。

"什么？"小伙子用有点儿奇怪的眼光看着我。虽说游船是免费乘坐的，但像我们这样连续几天都来乘坐的游客恐怕也不多见吧。

"你知道这鱼的学名叫什么吗？"

"就叫人面鱼啊。"

"不对。"我摇了摇头，想把手机拿出来，查遍了网络，我也没有找到这种鱼啊。

"什么不对？你什么意思？"

"我就想问问，你跟外国人说的时候，也管这种鱼叫人面鱼吗？"

"就是这样啊。这里的人都这么叫。"小伙子已经在用近乎看笑话的神情看着我了。

"可是这种鱼哪里长得像人脸了？"我有点儿懊恼了。我非要弄清楚这种鱼是什么吗？

"爸爸，我要买鱼食。"有森伸手过来。原来又快到湖心岛附近了。天色又适时地暗下来，遮盖住岛上的一切。

我拉住孩子的手，叹了口气，说："今天不买了。坐着看一会儿吧。"

有森皱着眉，把手从我手中抽了回去。

"孩子要喂，就给他买点儿呗。"

"不能再喂了。我们明天就回国了。"我避开小伙子直瞪瞪的目光。

"哎哟，那就更应该买点儿啊！"

"不买了。不买了。"我无奈地摆摆手。看了看有森。

有森先是关注着我们谈话的进展，看到我摆手，他便别过头去，望着水面。

我还有问题没问完，也不管小伙子会怎么看我了，就又问下去。

"这个湖心岛，可不可以上人的？"

"当然不能了。"小伙子看了我一眼。

"为什么？"

"那上边有人住。不让上的。"

"谁在上边住？"我以为小伙子很快又要不耐烦了。

"这个我也不知道。大概是些跟公园有关系的人呗。"他托着腮帮子说话，后槽牙一碰一碰的。

前面的船工招呼了一声，小伙子起身去卖鱼食了。

不一会儿，听到湖水中传来鱼进食的嘈噪声，看着它们的这副吃相，我心中的阴影再度浮泛起来。如果真有人面鱼这种东西，大概就是在形容这种场面吧：一张张鱼嘴使出最大的力量扩张着，凶狠地拥挤在一起，努力争夺着水面上的食物。

　　我靠在椅背上，望着红色的船顶，感到整条船像个单薄的摇篮，在水中停止了摇动。

橘子

　　秋天，我们到离城市不远的一座山上去看鹰。站在山顶处一个较开阔的平台上，可以兼顾南北两个方向，那些鹰会从东北方向飞过来，我们迎着它们飞行的路线，目送它们在天空中或山坳间飞过，向着西南方向落去。

　　这些鹰是要到南方去过冬的。

　　山路盘绕，我和妻子两个人为了看鹰，不得不想出许多办法。鼓动那些有车的朋友跟我们一起上山啦，或者碰运气请那些开着摩托上山游玩的人搭我们一程。无论如何，能借机械之力登上山顶是最好不过，只在万不得已的情况下，我们才会选择走路上山。

　　眼看快到迁徙季节的尾声了，我怂恿着妻子再上一次山。

　　"你明天没课吧？"我在电话里问她。

　　"没有呢。"

　　"我们一起上山呐？"

　　"什么？又要上山？"

　　"你明天没课啊。"

"没课就要上山吗？我真……"

想不出说服的办法，我只在一味地重复："上山吧。就这几天了，鹰都快过完了。"

"老天，你难道不要看书的吗？"

"书可以先放一放嘛。"

"你不要看，我还要看的啊。"

我知道她马上有个挺重要的考试，而我自己也要为年末的一个入学考试做准备……

"上山吧……今天刮了一天风，明天天气会好得很啊……"

妻子在电话那头不出声了。我心里隐隐有了把握。

"你可以把书带上嘛，路上也可以看的。"

"好吧。"她答应了。

"你不用背东西，你想带什么东西，告诉我，我来背。"

"我当然不背东西了！"

"嗯嗯。"

"我宿舍里什么都没有，你多买些水果吧。补充水分。"

"好。没问题。那就这样？"

"就这样……等下！明天见面时间地点呢？！你……"

"忘不了！我琢磨下，短信告诉你。"我忽然变得信心满满了。

"好。拜拜。"

"再见。明天见啊！"挂下电话，我在房间里走了几步，又回到电脑前，仔细查看了一番徒步上山的路线，有好几条，各种文字攻略看得人晕头转向。我担心记不住，却又懒得梳理，想起以前都是搭车上山，到山顶还要半个小时，不禁又畏难起来。

隔壁房间里的电视声响越来越大。就是为了躲避这出租屋中的嘈杂，妻子才和我短暂分了居，搬回到教职员单身宿舍中，为职称考试而努力着。想到这儿，我甚至觉得明天的出行对她来说也是个透口气的机会。最后，在手机的亮光中，我们敲定了见面的时间、地点。

我先到了会合的地点。坐公交一路过来时，在西侧的天边上总能看到一团"乌云"若隐若现，也不像是火情，就是蓝天上一块儿地方被什么弄脏了。但等真到了山脚的停车场，那团乌黑色的"云迹"却找不见了。

山下道路上各式车辆穿梭往来，登山客们提着手杖，脸上的表情都神采奕奕。鸽群在山的背景里绕着圈飞了，我亲眼看见，在那群鸽子上方，停着一只雀鹰。可它并没有向鸽群俯冲，反而是兀自盘旋了一阵儿，眼看着从上空消失了。

妻子发来短信，问我到哪儿了。

正在回复短信时，杜聿生从我面前蹿了出来。他穿一件半新不旧的褐外套，下身是一条登山裤，背上的红书包看不出装了多少东西。

"嘿！你好，你来得真早啊！"我没想到他竟然比妻子先出现，在我们三个人中，他住的地方离这里最远。

杜聿生咧开他的嘴，笑着说："哪有！我还担心迟到了呢，我……"他正要再说什么，我妻子打来了电话。

"什么？不可能，这边就只有这一个邮局啊！"我扭头四处看看，没有发现妻子的身影，"这边就这一个邮局吧？"我捂住话筒，问杜聿生。

"哦，我看见你了！"我挥着手机向妻子示意。原来她被一辆邮车挡住了，这么说她差不多是和杜聿生同时到的。

"太好了，大家都到齐了。"我把视线从妻子那儿拉回来，杜聿生再次把笑容摆在我面前。

妻子没想到我还叫了一个人，一副不敢走近的样子。我拉拉她的胳膊，对杜聿生说："这是我妻子，柴娜。"

"啊……"杜聿生也一副吃惊不小的样子，似笑非笑地看看我才又转向妻子说："你好你好。我是……"

"这是杜聿生，我以前的一个老同事。"

妻子冲他点点头，小嘴微张着。我觉得话还没说完，就又说下去："他呀，调到南方工作去了，昨天才从广州回来，也是好久没见，他看植物很厉害的，有什么不认识的花，我们路上尽可以问他。"

杜聿生又笑起来，摆摆手，受不了恭维似的赶紧说："哪有哪有。"

"那我们就出发吧？"

走了一段上坡路，我们钻进村落中的小路，来至村子的后面，就有沥青铺就的防火道通向山上了。路上杜聿生一边跟我聊着北方植被的单调，不及南方植物的多样、好看，一边瞅准时机，贴过来小声问我："你什么时候结婚了？"

我看看他，脚下停了步伐，他越过我一个身位，才忽然发现我不走了。

妻子因为春天的时候曾带学生来做过一次物候调查，大概知道进山的方向，所以这次由她走在前面，为我们引路。我看着她宽大的背影、走路时向内侧挤蹭的大腿……不知该对杜聿生说些什么。本来我们也没办婚宴，就简单请了下双方的父母，算是举行了仪式。妻子虽然嘴上不说，但多半是为了迁就我一人的执念才勉强如此，闲言碎语肯定也听了不少。只要一念及此，我对她就生出些愧疚，但婚礼这种事情，断没有重来一次的道理……这要算是结婚以来一直搁置在我心头的一个羁绊了。

"我结婚没通知任何朋友，"想了想，我才说道，"就在今年年初结的婚。"

杜聿生皱了皱眉，他站在上坡的位置，比我要高出半个头来。我清楚看见他的脸色，是那种常年在外奔波的人磨砺出来的一种青黑色。他快四十岁了，至今没有成家。

妻子在前面听不到后面的动静，回过头来看我们。她脸上已经没有了初见面时的紧张。虽然结婚之前我就知道妻子是个比我还放不开的人，但她在面对社交时的怯弱还是超出了我的想象。

"你们在聊什么？"因为刚才听聿生讲了不少植物的事儿，她大概以为我们在路上发现了什么好东西，说着就走下来。

妻子的身高和我相当，但身形要比我宽出一倍，膀大腰圆，面庞像个小老虎。记得刚有意和她接触那会儿，有一次她还问起我的身高，原来是平时习惯了缩脖塌腰站着的我，和她站在一起时，显得愈发矮小了。

"哈哈……"杜聿生拍拍我的肩膀。

"聊了点儿过去工作上的事儿，没什么，继续向前走吧。"

这个村子往上一点儿是有个名人墓的，墓附近有条小道可以通到半山腰的柏油路上，会节省不少时间。但无奈春天才来过一次的妻子无论如何也找不到墓的位置了。

"应该就在防火道边上啊。"

"今年雨水多，草木长得旺，说不定我们错过入口了吧。"

三个人正踌躇着，前方的弯道上走下来一个登山客。我忙上前打听。

"哦，哦……嗯，嗯……"

我回到两个人面前。

"怎么样？"

"说是前面走一点儿能看到一个岔口，有条小路直通山上，只不过爬起来有点儿费劲，叫好汉坡。"我回忆着头天晚上查到的路线，好像确有这么个地点。

"好汉坡？"

"哎哟……"妻子嘀咕了一句。因为在前面带路，她走得比平时要快，长有小胡子的嘴唇上方已经攒了好几颗晶莹的汗珠了。

"这好汉坡会不会就是你说的那个墓旁的路啊？"我问她。

"怎么可能。"妻子苦着脸。

"那我们就走那条路上山吧，"对妻子的体力不太了解的杜聿生对我说，"这样沿坡道要想绕上山，不知要走到几点了。"

"是啊，中午正是过鹰的高峰，我们怎么也得在十二点前赶到山顶啊。"因为杜聿生是第一次来看鹰，又是我叫来的，好像我对他负有特殊的责任似的。一种生怕他错过了什么的感情，竟鼓动着我说出了这样的话。

妻子努努嘴，她的脸本就圆阔，却生就两片薄唇，似乎多余着许多空白的地方，努嘴的表情并不好看。我当作她已经默许了我们的决定，便示意聿生向前走去。

到了岔口，一个挺明显的白箭头画在了防火通道的护栏上，指示着那条上山的小路。我们翻过护栏，拨开眼前的植丛，枝子上挂着的碎绸布也表明这里是个入口。

"怎么样？你上得来吗？"看着山坡陡峭的程度，让妻子走这样的路上山，确实勉为其难了。

妻子穿了一身黄绿相间的格子衬衫，在敞开的领口处能看见她圆圆的脖颈，上面有一圈、两圈……三四圈皮肤的褶皱，汗液让它们显得肿胀、发白。

"我没问题。"她抬手架住那些凌乱的枝杈，仰头看住我说。

"好。"我把身体转正，看向斜上方，聿生已经往上走了几步，此时站在一块儿凸出的岩石上，等着我们。"出发吧。"我说。

攀登开始了，有些地方几乎是手脚并用的，一些被砍掉的树木剩下个树桩，正好充作固定的抓手。经过刚开始的陡峭，坡度逐渐变得平缓起来，杜聿生将我们甩下很远，一个人走在前头，露出他晃动的背包。我几次回过身去，想拉一把妻子，她都没有应我，转而用那双短胖的手去抓虬曲的树根或者斜溢的岩石。因为不得不干脆跪到土坡上攀爬，她身下的牛仔裤沾染了大块儿的泥渍，血液上涌让她的脸涨得通红。

"聿生！我们休息一下吧！"我喊。

杜聿生弓着身子正想往上使力，听到我的话便回过头来，停在原地。

听着妻子的喘气声，山林里静了一会儿。刚才只为赶路，也来不及观察，只听到许多怪异的鸟叫，却大多不能认得。身边也常有林鸟的影子三三两两飞过，像是怀有警惕一路跟着我们。

"怎么样你？"我伸手按住妻子的肩膀，热气透过衬衫蒸上来。

"没事。继续走。"从上面看，妻子头顶中央的发丝露出了白根，也许是为了这个缘故，她将头发染成了紫红色。

山路确实是直直向上而去，但爬了好几程，还是望不到出口和山顶。好在身边林木四围，柔和的山风送来爽利的空气，颇能抚慰体力的消耗。就这样停停歇歇，十一点左右，我们到底顺利来到了那条搭车上山时必经的盘山路旁。

妻子找了个地方坐下来休息，不擅爬山的她已经是大汗淋漓了。

聿生意识到自己高估了妻子的实力，路的艰难程度多少也超乎意外，他站在一旁对妻子说着些鼓励和夸赞的话。我却焦急，走到这里就用了将近两小时，按照车程计算，真走到山顶恐怕还要很远，我有点儿担心妻子不再能走得下去。

正待询问她的情况，一只鹰忽闪着从一旁的树梢上飘了出去，虽然不太可能，但从那一瞬间的照面，怎么看怎么像我在山下看过的那只鸽群上方的雀鹰。它的动作太快，刚一现身就又从树梢外侧滑出，不见了。两个人都正在那里喝水，没有注意这逼近的鹰眼。想到待会儿还有不少的鹰可看，我才没有向他们提及刚才的景象。

"那我们现在方向是对的吧?！"当听我说从这里搭车到山顶还要半个小时，杜聿生脸上的表情一下凝固了……我忍不住笑出声来："哈哈……这个放心，我们再往前走走，差不多就能看到山顶了！"

"开车都要半个小时……那还要走很远啊！"

"是很远……"

"过鹰的高峰是在中午是吧?"杜聿生推推鼻上的眼镜，手停在脸侧，话没说完的样子。

"对……"

"那我们赶得到吗? 现在已经……"他抬起手腕去看表。

我比他抬得更快一些，"十一点十四。"

"嗯。"他谨慎地点点头，表示同意。

"没关系，即使中午赶不到，下午也有的看啊！"我一拍他的肩膀，走到他的前面去了。

行不多远，绕过这一侧的山崖，便能看到远处叠着的几重山峰。到了柏油路上，妻子的体力也恢复了不少，能够与我们并排而行了。

"我天！那么远！"我的注意力一直放在最前面，当终于遥望到山顶上那座熟悉的防火塔时，我大喊一声，引得两个人莫名其妙地看向我，"就是那里了！"我伸手一指。

"这……十二点走不到吧……"杜聿生让开树梢，向我这一侧靠了靠。

"反正方向不错，欸？"山上忽然过鹰了，前前后后有四只，排成松散的一线，从山的北坡经过，向西飞去。我生怕是自己因为太过期待而产生的幻觉，赶紧指给两个人看天空中飘着的四个黑点。

"哦！哦！"杜聿生也叫起来。

"果然快近高峰了，我们要快些走了！"对于是否真有"高峰"这个说法，我心里并没有底，但这样一说，好像脚底也有了力气，向着那个"遥不可及"的目标前进。

"董老师，你看这是什么？"妻子弯身到路旁的草丛中，指着一朵蓝粉色的花问。她竟然把杜聿生的"杜"说成"董"了。

"哦……这个啊……"聿生也低到一旁的路基下面，

围住那朵小花看。和妻子比起来,他的身材也袖珍多了……

"是不是马兰花呢?"妻子柔弱地问着。

杜聿生摇摇头,"不是,是菊科的,但不是马兰。不太认识,先照下来,回去认……"但随即他发现了另一样小花,"哎哟,看这个,这个是风毛菊啊。"他从背包里掏出卡片相机,准备拍照了。

"啊……啊……这个就是传说中的风毛菊啊。"妻子说。我在一旁也俯身去看那花,同时又不得不听着妻子那幼稚的语调。她当然不是故意装出一副无知的样子,我却常常因为她难以脱去的学生腔而感到一阵难堪。

"我一直以为这是某种蓟呢。"我插了一句。

"哦,这个可不是呢。"杜聿生扭回头来看了我一眼。

"烟管蓟。"我又加了一句,并越发有胡说的激情了。

"嘿,你可不要瞎说哦,这个才不是呢。"杜聿生对植物在行多了,这是到了他的"领地",错误的命名便是对他领地主人身份的冒犯。

看了一会儿路边的小花后,我们又走起来。从植物入手,妻子终于变得健谈起来。

"董老师,你有没有在南方见过凤凰木呢?"妻子像个小学生似的发问。

"你说凤凰木啊……"

我压根儿没听说过这种植物,对他们谈论的花形、颜色缺少直观的感受,顿觉一阵索然。抬头看看天色,越发碧蓝、深邃了,好像要被不曾间断的光芒镀上一层金属的光泽。

我们又看到头顶上有几只鹰飞过，当它们出现在防火塔那里时，翅尖儿都快擦到塔壁了，距离近到不可思议。

因为目标时刻保持在视线之内——虽然还未抵达，但一直在接近——当我们真的来到防火塔脚下时，时间的流逝被忽略了。

防火塔建在山顶平台上，是个红白两色的二层小楼，里面可以住人。

我们绕着塔走了一圈，却再不见鹰来。趴在绕塔设立的铁栏杆上向下望，便能收获山脉的走向。城市横躺在东南方向，有苍白的光点闪烁其间；而在城市上空，浮动着一层红色的云雾，犹如滚滚红尘。

"这里还种着菜呢。"杜聿生指点我们向下看。

原来塔下面开出了几小围菜地，我能认出来的有韭菜，还有爬在架子上的一串串圣女果。

"你们饿不饿，这里有午饭卖的。"我提议。

"好啊，那我们就先吃一顿？"杜聿生两道眉毛跃出眼镜边框的上沿，像两个问号。

一位不知何时站在旁边、扶住栏杆向下张望的老人开口了（她手里还拿着个望远镜），带着山里人的口音："吃饭嗯？你们想吃什嗨啊？"

莫非面前的老人就是那守塔的奶奶？查攻略时曾见有人提到驻守在山上防火塔里的老两口，如果游客有需求，他们会奉上五块钱一碗的热汤面。

"您是在这里守塔的？"得到确认后我又接着问道："有面吗？"

"有——"她拉长了音回答，"就要面呐？"

"那还有什么？"

"还有饺子——"

我迟疑了下，随即问道："面是多少钱一碗呐？"

"十块钱——"

我看向杜聿生，他也不置可否。"那饺子呢？"我又问。

"饺子五十块钱一斤！"老太太说完又把目光移开去看山下了。

"那我们吃面吧，"见两个人都不作声，我独自做了决定，"三碗面！"

"我们饺子馅是自己种的山韭唔——"老太太说，"很香的——"

"那……咱们再来点儿饺子？"我试图寻求意见，"来多少？"

杜聿生跃跃欲试地想说些什么，被老太太抢了话茬儿，"半斤饺子，一会儿就好——"

"好，三碗面，半斤饺子，好。"我担心要多了。

"不错了，毕竟是山上的东西，要把原料背上来，不容易呢。"杜聿生说。

"是啊，没想到在山上还能吃到热乎的东西……"妻子附和道。

"涨钱了啊。"我小声讲了攻略上提到的五块钱一碗面的事儿。

"哎，没得事儿，没得事儿。"杜聿生略微摇了摇头。

"怎么没有鹰呢？"我眯着眼望向不断放出光芒的南

面天空。

"也许高峰过去了？"杜聿生问。

"没有吧。现在才十二点多啊。"

"等等看吧。"

老太太又从屋里出来了，告诉我们面一会儿就好。我看到窗里有个身影在动，那么就是老爷子在为我们煮面了？

我拉开背包，里面还装着妻子吩咐让带的水果，已经背了一路，我要赶紧把它们分出去，"来，咱们先吃几个橘子吧！"

"啊呀，还有橘子啊！"杜聿生探头过来，我拿了一个给他，又递出去一个给妻子。各人都剥起自己手里的橘子来。

吃了一个不解渴，便又拿出一个，剥掉的橘皮在手心里像零钱一样多起来。我一共带了六个橘子，正好每人两个。

看聿生吃完，我又分他一个。这时老爷子将门拉开，喊我们"面好了"。

屋子中央摆了张会议圆桌（让人立马想到这是身处一座塔的内部），三碗面都用不锈钢盆装着，腾起丝丝白气，深色的木筷置于桌上。饺子还在煮，也马上要出锅了。

除了西红柿鸡蛋，面上还撒着绿色的菜叶，老爷子介绍说是山上自种的白菜。

"吃着发甜。"他说。

我咬了一口，的确。杜聿生却和妻子议论起白菜叶子的外形来，他们在看叶缘上的尖刺，说和山下的白菜不同。

"海拔一变化，物种马上也会跟着变化哦。"杜聿生用筷子夹起一片菜叶说。

"嗯，这里有自己的小气候。"到了外面，妻子吃起饭来总是十分拘谨，不怎么动筷子，饭菜吃进嘴里，也小心翼翼地，让看她吃饭的人替她着急。

饺子也上桌了。我瞅了眼窗外，静悄悄的，却又有鹰依次振翅而过。坐在山上的房子里，看到窗外飞着鹰，这奇特的体验在我还是第一次。

"有鹰。"我对他们说。

老爷子听见我说，也伸头向外面看，"是有。"

老太太手里摩挲着一串木珠，问我："你们来看鹰哒？你们认识这鸟嘛？"

"他认识。"杜聿生指指我。

"我也……"我挑起一束面条，晾着。

"尝尝饺子——"老爷子点了根烟，"这韭菜的味儿可跟山下的不一样——"

我夹起一个，只觉得确实有股清香，但也说不出就真跟山下的有所不同。我让妻子也夹一个尝尝。

"嗯……"杜聿生品味似的说："这个韭菜——是很特殊啊，这是山韭菜吧，大爷。"

"山上种的韭菜，可不就是山韭菜？"老爷子的话引得大家一阵笑。

"我们的菜都是不浇水的哩——天上下点儿雨啊，它就长，是天种唔——"

"喔……那当然是温室里种出来的不能比的噢……"杜聿生凝住眉，赞许地望向老太太。

填饱肚子之后，大家再次来到外面。这会儿鹰明显多起来了，但还没多到成群的状态，总是单只单只地过着，飞到近处，能清晰地看到鸟身上飞羽的颜色和斑纹。

看了一阵后，第一次看鹰的杜聿生已经能区分出哪些是鵟，哪些又是雀鹰了。

我早忘了背包里只剩下一个橘子，提出让大家再吃点儿橘子挡挡嘴里的韭菜味。结果只好趁杜聿生低头剥橘子的工夫，从背包掏出一块儿巧克力递给妻子。我想在余光里，杜聿生会以为我给妻子的也是一个橘子吧！

在防火塔下面的盘山路旁，也有一个较开阔的平台，从我们这里看下去，那里似乎离鹰更近。而且已经有扛着相机的人在那里拍照了，我们决定到下面去看看。

拍照的人一个年轻些，一个年长些。我们先与大叔聊了起来。

"今天都有什么收获啊？"

"没什么特别的。你们刚才在上面看呢？"他手里有根烟，抽完的烟头都收到一个矿泉水瓶里，瓶底已经漾起了一层烟油。

"嗯。"

"都看着什么了？"

"也没什么太特别的。"我说。

"我们刚在上面吃饭，没看多久哈。"杜聿生看看我，又补充道。

大叔忽然手指着前方，说是过来了一只。

大家凝神细看，什么都没发现。耳边又听到他说："注意啊，它向我们这边儿靠近了！"

视线被道旁的几棵松树挡着，当大叔这次报告完鹰的方位后，这鹰忽然间从天而降了，冲到我们身前十多米后急停转向，越过松树枝头，折向北面，翻山而去。

"是只鹞子！"大叔喊。

"嘿，真的是！"咔咔按过几下快门之后，年轻的那位窝着细颈、下巴沉到胸前查看相机里的照片：鹞子脸上一副铁钩似的尖喙向前挺出，眼睛正看着镜头，黄色虹膜里嵌着一轮深褐色的瞳仁。

杜聿生面露喜色，凑到相机跟前观看。猛禽的近照令人震撼，与单凭肉眼的观感相比，不像真实，倒有几分像是梦魇。

许是大叔觉得因为我们的到来，招来了好运，说不定还会有好东西飞出来，于是当我们说着要下山时，便一下叫住我们："嗳，你们走下山啊？"

年轻的也回转头对我们说："别走了，一块儿看会儿吧，一会儿送你们下山呗。"

看看道边停着的两辆汽车，我征询了下杜聿生的意见，觉得留下来也好。

"好，那我们就留下来！"聿生说，"我还是第一次这么近距离地看鹰哦！"

妻子也有几分高兴。刚才站在防火塔边已显寒意，下来这里位于南坡，北面的风吹不过来，午后的阳光又增加几分暖意，安逸极了。

"真希望能这么无忧无虑地待下去。"

我以为是妻子在对我说话，却发现她是面向山谷，独自说了这么一句"感悟"。

鹰还是零散地过着，并没有出现我们预计的好东西。临近深秋，能够在一天之内观看千只猛禽的机会是越来越少了。当天空中鹰的部队迎风而来，飞到某个地段，它们会短暂地中断前进，借助上升气流，在山谷间盘绕成一个鹰柱，如同羽毛的龙卷。这样的盛况今天是不会出现了。

太阳稍一被远处的云雾遮没，山上便失血一般失去温暖，乌鸦们聒噪着要归巢了。大约四点半的样子，我们搭车下山了。车窗外一闪而过的山下城市，也像是裹紧了衣领，抵御着秋夜的严寒。

妻子因为要回单身宿舍，和我们不同路，在公交车站作别后，我和杜聿生两个人抹头钻进了地铁。

在地铁上，我向杜聿生透露了自己正在办离职的情况。

"离职？离职你怎么养老婆啊？"

犹豫良久，我还是没说出打算在年末参加个考试的事儿。因为我怀疑那不过是钻入另一个圈套。但我是如何说服妻子的？似乎她已经相信，通过这么一场考试，我们的生活会发生改变。

"换个话题。"我说。

杜聿生从背包里掏出本儿书给我看，"我最近又开始看小说了。"

"啊，是嘛，哈哈……"看书对我来说都是上辈子的事儿了。不过我还记得，当我们共事之初，就是因为对书的爱好而熟稔起来。

我念着书名，是个没听说过的作家写的短篇作品集。随意翻了几下书页，我发现自己根本不想看清书上的文字。

但在小说集的序里，我发现了个熟悉的名字：芥川龙之介。

我指给他看。

他还以为我要发表什么看法，瞪着眼看我。

"有一阵子我还老看他的小说来着，"想了想，我只好说，"不过那都是好久以前的事儿了……"

"是嘛……那你记得他写过一篇叫《橘子》的小说吗？"聿生攥住车厢里的吊环拉手，身体随着惯性晃动。

"《橘子》？啊……啊……"我真的记得有这么一篇小说。

聿生看出我的疑惑，索性讲起小说的情节来："就是写一个男人在火车上，也就是芥川自己啦，他跟一个小姑娘……那个小姑娘有三个弟弟，她啊，要送她弟弟……"聿生使劲儿回忆着，但回忆得不太流利。

"我好像记得……嗯嗯……"我期待着聿生继续讲下去，好让我回忆起这些毫无印象的情节。

正在这时，我们身边的一位男乘客忽然说话了。回想起来，当聿生刚刚拿出包里的书时，他的确留意了下我们。这人的额头宽大，头顶的头发稀疏地趴着，在被车厢里的风吹乱后，竟有几分"落魄"。更夸张的，是他两边鬓角的头发已完全秃掉，留下两个敞亮的额角，使得他好像有着三个额头似的……

"那小女孩儿坐火车，是要把橘子扔给等在铁道边的弟弟的。"他的嗓音比我们两个的都更具穿透力，压过了地铁穿梭时的轰鸣，每个字都清清楚楚地送进我的耳朵里，"小说很短，也特别简单。就写芥川坐火车，描写外面的景色呀都特别压抑，他看见一个不起眼儿的小女孩儿，芥川一开始还有点儿讨厌她。这女孩儿坐火车是要去城里当用人的，火车正好会经过她住的村子，她的弟弟们就等在铁道边来送姐姐。女孩儿一直站在窗边，手里紧紧攥着几个橘子，就为了在列车经过的一瞬间，扔给她的弟弟。就在扔的那一瞬间，就从这么一个小动作里，体现出人性的……"

我看到杜聿生眼里都放出光来了。三个额头的男人虽是一身上班族的装扮，但也不像普通的职员。无论如何，这个男人长了一张职业的、干练的脸……

没想到身边随便站着的一个乘客，竟和我们聊起芥川龙之介来了。

我站在一旁，默不作声，一面为别人说芥川龙之介写这么一篇小说是为了展现"人－性－美－好"而无法忍受，一面又找不出能驳倒对方的理由……他们对小说的解释使得我无法说服自己再听下去。但我又对芥川的小说能有多少理解呢？在这一刻，在摇晃的地铁车厢里，我感到自己完全失去了说话的权利。

行进到某一站时，三个额头的男人先于我们下了车，他一边回着头跟我们致意，边自言自语似的说："芥川龙之介。哈。"

杜聿生愉快地和他说着再见。

附录：分类表

小说纲

图书在版编目（CIP）数据

隐歌雀 / 不有著 . -- 成都：四川文艺出版社，
2019.4
ISBN 978-7-5411-4883-5

Ⅰ . ①隐… Ⅱ . ①不… Ⅲ . ①短篇小说—小说集—中
国—当代 Ⅳ . ① I247.7

中国版本图书馆 CIP 数据核字 (2019) 第 038336 号

YINGEQUE

隐歌雀

不 有 著

选题策划	后浪出版公司
出版统筹	吴兴元
编辑统筹	朱 岳 梅天明
责任编辑	邓 敏
特约编辑	朱 岳 孙皖豫
责任校对	汪 平
装帧制造	墨白空间·黄海
营销推广	ONEBOOK

出版发行　四川文艺出版社（成都市槐树街 2 号）
网　　址　www.scwys.com
电　　话　028-86259287（发行部）　028-86259303（编辑部）
传　　真　028-86259306

邮购地址　成都市槐树街 2 号四川文艺出版社邮购部　610031
印　　刷　北京盛通印刷股份有限公司
成品尺寸　130mm×210mm　　开　　本　32 开
印　　张　6　　　　　　　　字　　数　120 千字
版　　次　2019 年 4 月第一版　　印　　次　2019 年 4 月第一次印刷
书　　号　ISBN 978-7-5411-4883-5
定　　价　36.00 元